Kawabata Yasunari

川端康成

天授の子

天授之子

李正伦　康林
译

上海译文出版社

故园

一

为了领养孩子，从三月十二到二十二日，到东京大阪一带去了一趟，我想把这十天来的事或多或少地记述下来。

我只能在不给孩子的亲人带来什么影响的范围之内写，所以这既算不得小说，也不是真实的记录。就一个作家来说，这是怯懦，也是欺骗。不仅如此，甚至行文的感兴也必须抑制。写的过程中，虽然发挥了想象的作用，但是一任想象的翅膀飞翔下去，就会脱离实际人物。但是，如果把重要事实的主要部分略而不谈，那就对孩子很不合适。总而言之，既不能照事实原样一成不变地写，也不能随兴所至地写。

既然这样，为什么还想写？这连我自己也觉得不可思议。

说到底，我觉得写自己的事是一种痛苦。首先是对于准备描写自我的自己感到疑惑和厌恶。因为这个缘故，它使得我把作品中人物写成可憎的人。总之，可能是因为描写自我的这个人可憎，才把作品中的我写成可憎的人，借以蒙蔽人们的视听，作为作家的一切艰难都能由此发现端倪。如果不这样，那就永远也迈不出第一步。

也就是说，那只能是肝火太盛的自暴自弃、惑乱之余的清醒。这样写出来的作品也是常有的。当然，把这类作品中的人物误解为实在中的我，这种事情也是常有的。进一步说，即使将作品中人物定成和自己完全相反的人物时，也没有必须辩白的道理。不过会感到茫然的凄凉。这并不是因为受到误解，而是和写作这种事情的无奈感相通的凄凉。

对于误解的辩白之策，细想起来，从开始就是齐备的。因为我并不是一边修饰自己的体验一边写自己，我并非书中人物。因为是假装出来的伪恶，所以也就显得狡猾。但是，一切自我告白无不偏于伪善或者伪恶，难免自我宣传或者自我辩护，寻根探源，其本源之一概出于把告白视为伟大，但是我却没有认真地立志于此道。因为伪善也罢辩白也罢还没有达到有意识的程度，所以它是极其脆弱的。总而言之，我既没有打算把自己条分缕析地弄个清清楚楚，也没有打算把自己和盘托出自我告白，也就是并非决心写自己。虽然是一个斤斤计较把自己硬是推向别人、万一侥幸甚至想把自己推给后世的文学家，我却恍惚于、自己消失于忘却的世界的空想之中，这是日本诗的风格吧。宗教也是如此，日本的僧侣没有留下过血腥的忏悔录。

没有写自己的意图，也就是没有写人的意图。我认为，本来是写自己的经历，但是往往脱离自己的性格和心理，这不能算一个坚定的作家。靠着把自己多少厌恶的人漫画化而寻找到的端倪，肯定会走向邪路。这样，对于作品中的自己，其憎恶的程度自然浅薄。那不过表明了一个人、一个作家的懈怠而已。作品不讨人喜欢，余味不好。也许和一张哭丧着的脸差不多。这不是把稚拙的假哭给人看吗?

我是不憎恶人的,更不可能由衷地憎恶自己。虽说憎恶作品中的自己,还没有超出修辞游戏的格。作品已经是修辞的。实在,它是用语言表现的。然而回到自身,却不知如何描述自我的影像。而且是用语言来想的。用语言思考的同时还会思考语言和实在有什么联系。实在在我们的语言那方,不论用语言如何追赶它,它始终在我们的前面。我不愿意用语言弄脏实在的自我。不写自我,仍有自我;不写自我,自我才仍旧是美好确实的存在。把这个自我先珍藏起来,不打算写自己不愿意写的笔墨游戏一类的东西,这时也就用不着语言了。语言本身只不过是笔墨游戏而已。写自我的时候那种疑惑和厌恶,也许就是由此而产生的。当然,这种想法不过是文学的陈腐问题、近代的病态而已。其中也有自我的虚荣心。从什么时候开始我染上不能直率地写自我这个毛病,这的确是在浅梦里的彷徨。

但是,以他人为模特的时候,我就只能直率地操笔写来。和描写自我时的情况不同,既没有想过把别人肆意歪曲,写成可憎的人,我也不会写别人的隐私和缺点,而且是非常温情地把作品的骨头和油气抽掉。作为一个作家越来越思想薄弱。因此,我几乎不写以某人做模特的小说。固然也是由于担心给别人添麻烦,但是也因为并不相信自己的观察就是那么准确,一矢中的。况且即使中的,也不过是整体的一个点而已。即使自己看自己,也是无法描述,何况看的又是别人。其次,纵然看得很准,根本没错,但是化为语言时,就脱离了实在。况且,从当初开始就是除了靠语言没有别的办法观察人的。以为能够写他人而因此倨傲,有允许作家这样做的道理吗？作家只是从人类深渊之上擦过表皮一掠而过，作家没有足以威胁实在、创造实在的力量。

然而我对于实在这种事物也并不简单地相信。大体上是怀疑的。假如它从边角直到深深的底部总是能一眼看清，而且能静止不动，那么，人就用不着语言了。想写实在的人的时候，我之所以迟迟不动，退缩不前，可能是实在对于我这个不够用心的人施加的惩罚。也许它用那根鞭子把我驱逐到了实在之外。语言的不准确引起我的惑乱，使我大动肝火，但是因为不知道语言的不准确会招致绝望性的恐怖，所以还能玩弄语言而活下去。因为不准确，所以就过于天真地以为，语言所到之处全和实在相通。似乎是随随便便地取消了语言和实在的界限，让它飘舞于虚空之中。实在的影子既淡且薄，缥缈而去不知所向何方。只能听到来自天上的歌声。当然，我不可能不受到实在的报复。在实在的外边被敲打，也许实在已经不存在了。被从现实生活中赶出去的滑稽剧演员，虽然已无可救药，但是得不到救助的心却仍不醒悟，错误地以为幸亏舍身，这个世上才光明遍在。甚至想把戏言留到身后，什么时候才能闭上嘴呢？

我想写的是为了领养孩子而去了东京、大阪的事，但是我却难以言表地厌烦这件事。我以为想把它写出来的自己有些下流。于是摆出了这样那样的理由，耽于修辞的游戏，然而毕竟不过是翻来覆去地做了自鸣得意的辩白而已，全是虚妄之言，所以更加厌烦。

既然如此为什么还要写呢？连我自己也觉得不可思议。

对于领养孩子这一事实，直到现在我还没有感觉到有非写它不可的必要。尊重事实的话，就不必写。孩子到家以来过了二十多天，没有一点操心的事，倒觉得无拘无束，安闲舒畅。既感到平静也感到幸福。但是想写它的时候才有类似不安的感觉。是不是确实因为领养了孩子的缘故？领养孩子是为了什么呢？这种想法突然之间冒了出来。这大概也是追求真实的习惯所致吧。但是我却不尊重这个习惯。我一直被这个习惯弄得痛苦不堪，时至今日费尽九牛二虎之力依然没有摆脱它。所以，刚刚冒出来的这个想法，不过是瞎模仿，没有往深处想。其次，如果想一想就能明白，事实大概就不存在了。我希望事实本身就是那样。现在孩子似乎就是那个样子。然而我打算稍微离开事实观察一下看看。写作要进入事实之中，我在文学的功能书里大概也会这么说，但是它却不能安慰我自己。我甚至怀疑，我可能是为了削弱事实而写的。

二

我刚开了门，脚步咚咚地跑来的孩子气得脸通红地大喊：

"太晚啦！"

同时两个小拳头举到肩头高，仿佛要揍我似的把我抱住了。因为是跑过来的，孩子站在门厅上边想打门厅下边的我，她一拳打空，自己掉了下来，因而把我抱住，此刻我身体的感觉是来打我的孩子被我抱在怀里了。

我打了个趔趄，连忙认真地道歉：

"请原谅，请原谅，晚了，请原谅！"

我边道歉边搂住孩子的肩头。很短的时间，孩子在我胸前一动未动，调整了呼吸。这是个十二岁的女孩。

比约定的时间迟到了两个半钟头，孩子一直焦急地等着，听见我们的脚步声，就哇的一声哭出来似的飞奔过来。孩子对我们居然有这般感情，我根本没有想到。我妻子也大吃一惊，不由得看了看我。领养这个孩子的事大致谈妥之后，我也是只见过这个孩子三四次，而且时间极短，至于妻子却是昨天刚见第一面。她气得脸通红，似乎打我几下才释然似的，扑上来抱住我，我是怎么也没想到的。

孩子的身体扑向我的同时，情绪已经缓和了。此刻的我以及孩子，似乎完全沉浸于甘美的平静之中。

孩子的母亲已经迎出来了。看样子已经做好出门的准备一直等候我们来，因为她穿着外套呢。

"来得太晚了，实在对不起。昨天晚上一位客人到旅馆来访，太晚了还得留他住下，今天早晨又得送他走……"

我简短地陈述了一下原因，然后再致歉意：

"实在对不起！"

"不，因为等了好久也没到，我就想，大概今天来不了啦。"

"刚才民子就狠狠地申斥了我。"

"哦。"

于是母亲边笑边谈下去：

"民子从早晨到现在，上电车站迎接了三次。"

然后对孩子说：

"累乏了就又睡了。可是每次听到电车声就说准是这趟车，一骨碌爬起来就……"

"太对不起了，请原谅啊。"

我握着孩子的手腕这么说。妻子在我身后向孩子母亲再致歉意。

"已经迟到好久了，咱们马上就走吧！"

我对孩子的母亲这么说，同时催促孩子：

"好，咱们走吧！"

这时我们就等着孩子穿鞋。孩子的动作倒是很麻利，只是那手有些发颤，鞋带总是系不好。

"好，戴上帽子。"

我把帽子给孩子戴在头上。

因为妻子站在靠门很近的地方，所以她先一步走了出去。

"给你橘子，就剩这一袋了。"

我从大衣口袋里掏出装在网袋的橘子递给她。

前天早晨从镰仓出发的时候买了四袋，这是吃剩下的。妻子看到车站上有橘子，便说：

"带给大阪的男孩，他准高兴。"

妻子的妹妹在大阪，日子过得很拮据，应该给那男孩的零食根本没钱买，只有靠在东京的姐妹们寄些东西。这次妻子带来并不太多的吃的，全是大路货，如果送给别人，那是很不礼貌的，现在作为礼品送给她家。

这四袋橘子，我们在火车上吃了一袋，给换座位的那位海军军官一袋，在旅馆里因为没有什么吃的又吃了一袋，只剩下一袋，留给大阪的男孩，便放在提包里带来了。妻子说过，这里完事之后去趟妹妹家，但是先到这里来了。

"把这个给民子吧。"

听说她还惦念大阪的男孩，我觉得奇怪。她妹妹住在近郊区一般的新开发区，今年已经寄过橘子了吧！

但是，昨天晚上睡眠不足再加上突然出现了十月小阳春天气，妻子也喉咙发干了，她在市郊电车里说：

"不吃个橘子吗？"

"嗯，吃吧。"

妻子拣了一个大的递给我。我伸手摸第二个的时候笑着说：

"如果是亲生的，可能一个也舍不得吃，全都给她啦。"

"啊，真的。"

妻子对于我的笑谈突然摆出一副严肃面孔说：

"别吃吧！"

"不要紧，吃。用不着……"

"还不是我们家的孩子呢，所以吃了没关系。"

就是这么吃剩下的橘子，然而孩子却非常高兴，认认真真地说了声谢谢。我是在想着有没有给孩子的东西的过程中，突然想起给她橘子的。

从进门到给她橘子，我以为仿佛是一呼一吸这么短的时间。

我想，也就是孩子说"太晚了"和"谢谢"两句简短的话那么长的时间而已。

从五岁那年起就由母亲一个人抚养到如今的孩子，愿意离开她的母亲做我们的女儿，据说这是她自己决定的，因为这个幼小心灵的一片心意，即使将来我们和孩子之间的关系多么不佳，我也必须挺过去，而不能忘记感谢她。那孩子第一次表现得那么激动，跳进我的怀里，就是在这个时候。与人相约居然误了两个多小时这件事，之所以成了我一生中绝无仅有的记忆，是因为那对于孩子来说是十分可怜的事。她愿意做我们的孩子，那幼小的心灵也并不是轻而易举地下得了决心的，从这个时候起，我开始了然于胸。

孩子一到我们家立刻就和我们亲密无间，也撒娇，也缠着大人，毫无隔阂，所以也不再觉得冷清，从来没有让我们受过领养孩子该付出的操心劳神之苦，甚至有些不可思议。所以妻子禁不住高兴地说：

"真是个好孩子!"

这孩子既不纯粹是生来就这种性格,也不只是她母亲教养出来的。孩子对我们也十分关心。

她从门厅跑出来的时候,这种关心就迸发出来了。

妻子也不由得吃了一惊,孩子摇晃着橘子走出门口的时候,妻子搂着她的肩膀,看着她的脸说:

"民子,我们来晚了,可真对不起。你大发脾气,民子可不能生气。我们不对,请你原谅。因为有客人,所以才来晚了。我可再不理那个大婶了,你一定气得肚子鼓鼓的了吧?"

"嗯!"

孩子直摇头。

孩子并没有生气,妻子也知道,只是以表示喜欢她的调子故意安慰她。孩子好像撒娇似的,显得有些腼腆。

孩子的母亲和母亲的姐姐把门关好之后,从房后绕了过来。

孩子拉着妻子的手正要领先往前跑。

孩子的母亲是去她哥哥家。把孩子交出之后,这位母亲究竟打算怎么办,似乎连她本人也没有个大致的估计,我对这件事特别关心,所以在见孩子父亲之前很想会一会孩子母亲的哥哥。

约定见面的时间是十点左右,可是等这个那个弄完已经十二点半了。

出了孩子的家就是路旁有老松的道路。

"这条道叫八丁松原哪。我们上中学的时候常常在这条道上跑步。"

我对妻子这么说。

但是昨天来的时候走的也是这个松原，我觉得好像也说过同样的话，所以说到这里我就把话停下了。

昨天跟妻子说得稍微详细些，我好像说过：

"从学校出发，跑到这松原，然后折返，这就是我们马拉松赛跑的路线之一。我常常跑这条线。此刻说来已经是三十年前的事了。我上中学的时候，马拉松赛特别盛行，我们都能跑五里①。"

"能跑那么远？"

"当然能跑。从来没有掉过队！"

我的口气有些果断，可是话说到这里也就打住了。因为妻子对于老松古道并不感兴趣的样子，所以我也就不想再说下去。

今天因为孩子牵着她的手而行，所以妻子对于古道两旁的老松看也没看。

这怀旧之情，不可能如本人所愿，他人也与自己相通，何况对于这片土地毫不熟悉的妻子，听了我说中学时代就在这条路上练习长跑，那距离感也不可能浮现于脑海。

通常所说的共同记忆，确实能够成为亲爱之情的联结纽带，但是记忆力很差的我，常常觉得有些事问问妻子大概她能记得，日常生活中这么办也很方便，这回就想到孩子可以替我记很多事，甚至对孩子有了依赖思想。所以，我来到少年时代常常在此练长跑的老松古道时感到，孩子来我家之前就为我们成长起来了。今后在我们彼此的回忆之中，一定会有这古道老松。对于我来说，这昔日的古道老松增加了新的意义，也等于返老还童。

① 1 日本里相当于 8 华里。

我头一次到孩子家来的时候是去年的初夏，在这之前，对于这古道老松当然从未想起过，全给忘了。在这个车站下车，也是二十年来没有过的。关于这里的记忆可以说一片空白。上孩子家去的那条道也是新修的，当我看到老松树的时候，才忽然想起：

"哎呀，这不是八丁的松原吗？"

于是对这片土地才有了怀旧感。由此仿佛看到了当年在这老松古道上练习长跑的我这名中学生，当年那种意气风发的感触似乎在我头脑里复生。

少年时代的我，穿着白棉布运动服，打着藏青色绑腿，光着两只脚在这条老松古道上练长跑。

我上的那所中学，学生们都穿细袖和服和裙裤，打上绑腿，穿着木屐上学。有人嘲笑我们学校，谑称为"鸡学校"，到校之后，不论在课堂上或者操场上，一律光着脚。只有天冷了才允许穿上胶底布鞋。为练习长跑而出校门时也得光着脚。

即使三十年前，中学生穿这种服装和光着脚的，在大阪附近根本没有，这完全是我们崇尚古风的校长坚定信念的表现。现在新名词所说的"锻炼"、"勤劳"，当时在我们学校大行其道。学校的土方工程，全由学生们劳动锻炼完成，称之为"作业"。我们暑假作业挖成的游泳池，没过多久就不断地培养出奥林匹克选手，成了游泳界称霸世界的先驱，从而名声大噪。

体操和军训也非常严格，我身体既弱，运动项目上也十分无能，所以对这些简直有一种恐怖感，但是长跑我却很少掉队。大家都喜欢，长跑成了校风。个人赛跑很少，大多是集体赛跑，大家都称这种长跑为"部队赛跑"。

八丁松原就是这部队赛跑的首选目标。

　　我上中学的时候，从学校所在的那个镇往东海道铁路线去的下一个火车站，就是现在孩子家的镇，后来甚至在这中间又设了一个站，我们跑到这里再折回去，那距离是够远的。

　　这些老松总是让人有大喘一口气的感觉。跑了很长一段之后，看到那些松树时，立刻精神倍增。从这里直接折返的时候更是如此，即使绕远跑，来到老松树这一带就明确知道所余的路程不多，不由得立刻感到轻松许多。总而言之在老松树这一段跑的时候，觉得步子轻快。特别是夏季，松风和树荫的帮助可就大了。

　　直到现在我还能品味出当年那种凉爽的感觉。

　　但是如今所看到的老松已经没有往昔的风采，显得寒酸至极。松树七零八落，既没有松风，也没有像样的松荫。因为已经铺了柏油马路了。

　　浮现于我记忆中的松树林，并不是长在这一眼就能数得清松树数目的短道上，而是在长而又长的一条大道两旁，漂亮极了。我直到现在还能清楚地回想起在这布满松荫的长道上奔跑的感受。

　　即使带着孩子回镰仓以后，我也不记得后来所见到的松荫，脑子里只有少年时代记忆中的松荫。

　　"民子，从你身旁的那棵松树起，顺着那条道往北走，能去哪里？"

　　我这么问孩子。

　　"那么走呀，到铁路道口呗。"

　　"对，过了道口能去哪儿？"

　　"过了道口……"

孩子好像听了莫名其妙的问题一般。

"那条道就到头啦！"

"啊？"

"虽然有了工厂路，可是我们家旁边的那道路也和工厂路合在一起了，反正不懂。"

"嗯。"

三十年来，这里的松树大多被伐去了，孩子家附近的也所剩无几。也许有一天恢复到从前那副模样：只有稀稀拉拉的几棵。也许过去也并不怎么壮观，仅仅是由于我的追怀把它美化了而已。这种记忆的作用我经历过许多次，我以为这是人生的一大救助。

近年来，我因为喜欢旧东海道的路旁松荫，曾经巡行纵观，当时对于从前熟悉而亲切的八丁松原连一次也没有联想起过，倒是颇感奇怪。但是，在回味东海道的道路松荫的过程中，也许把深藏于记忆之中的八丁松原大大美化了。当然，八丁松原无法和东海道的路边松荫相比，即使八丁松原现在和我记忆中的形象完全一样，我也将会幻灭，在我的记忆之中它也不是巨树成荫。不过，说起故乡的路荫，我只能想起这里。在我中学毕业之前，我还只知道八丁松原的松荫。有东海道的松荫，然而在我长大的过程中却只看见八丁松原的松荫，这是人始终难免的，领养了孩子的同时又和松荫结了缘，我和妻女经过之时，禁不住回头望望它。

中学时代集体长跑经过的松荫，之所以意外地残存于记忆之中，大概因为它是痛苦认真的长跑的目标，也是长跑的里程标的缘故，同时也成为了一个顶点。

我想，领养孩子这件事在我的生涯之中可能是"类似路旁松荫"吧。

这种想法突然浮现于我的头脑之中，但是我不喜欢这样的感伤。

成为生涯的目标、里程标、顶点的事情，从另一面来讲，实际上只是人生的修辞或者语气而已。我警惕它，对于它，我也常常引以为耻。

这次领养孩子，我没有郑重其事地赋予它意义。但是也没有拘泥和踌躇。过于随便、过于轻松的态度，从另一方面说，好像也直率地表明了我独自的属于我本人的一套生活态度。

三

我上中学的时候，有松荫的道路只有一条，从广阔的田野里直穿过去，从远处就能看得见。现在市区已经扩展到平原上的松林地带。这个住宅区远离市区。住宅的主人们全是在附近搞军需工业而发了财的小暴发户，和他们往来应酬使孩子的母亲心烦，所以常发牢骚。

这个住宅区的对面盖了一所医科学校。电车从它前面通过。

和国营铁路线相比，这电车离孩子家近一些，我还没有坐过，所以昨天回来的时候我说："坐一回电车试试吧。"

在母亲和孩子送我到私铁停车站之前，我从京都来的时候总是坐国营电车的。

去孩子的姑母，也就是我的表姐嫁进去的那家，还有我祖父妹妹的家，都是在这个车站下车，从我故乡的那座村庄上火车的车站就是下一个站，现在我还是觉得坐国营铁路的电车方便。国营铁路的电车当然跑东海道线，所以从京都出来时坐在靠右边的车窗前，就能看到连绵起伏的小山，从这些小山的形状和村庄的风采，也就感到到了我的故乡。

从医科学校前边通过的电车也是基本上沿东海道线走的。连接大阪、京都的线路，不论私营铁路线还是国营铁路线，除了穿过平原以北的山根之外，还有沿着淀川行驶的电车。从医科学校前通过的电车和去淀川的电车是同一公司的，也就是新线。

我虽然是北山山根那里长大的，但是从失掉自己的家之后，就住在照养我的伯父和姑母家里，他们的家在淀川边上，所以乘开往那里的电车的机会就多了。姑母的丈夫是电车公司的管理层，所以姑母家的长子刚从学校毕业就进了该公司。我领养的孩子就是这位表兄最小的孩子。表兄原来的家在淀川边上的村庄里，那村庄也是我母亲的老家。我的祖母也是这个家的人。算上这回领养的孩子，她们家有三代女人进了我家。我记得不太清楚，我祖母之前，我们两家之间曾有几代的嫁娶关系。我的祖父是养子，所以我家的血统就在那个时候等于断绝，也就是延续了祖母的和母亲的血统。从这种意义来说，我领养表兄的孩子是最自然的，就孩子来说，与其身体在母亲这边，籍贯挂在父亲那边，莫如落户于我家，也许是很自然的事。

在学校里我问了她父亲的情况，孩子颇感为难地说：

"我不知道该怎么说好。"

她回家对她的母亲学说了一遍，母亲也很感为难。她如果带着这最小的孩子改嫁，只有母亲一个人的户籍能够迁回她娘家的户籍上去，孩子长大了，如果父亲那方面要孩子，那时做母亲的毫无办法，所以母亲为此担心也是很自然的。尽管自己一手抚养长大，确实是她的孩子，然而到了紧要关头，她是没有亲权的。这样，考虑到孩子的将来，即使从孩子的血缘关系来说，她首先考虑的是我，这也是很自然的。

孩子的双亲也是很早以前就有远缘关系，等于是远亲之间结的婚，所以母亲更以孩子和我之间的血缘关系为重了。

尽管孩子母亲多年来辛辛苦苦，其间不曾给我写过一封信，但是对我一直保持着好感和信赖，所以这次理所当然地把孩子托付给我，至于我自己，只能想这是多年来的好感和信赖的结果。

对于孩子的父亲，我的感情上也是如此。这件事，起关键作用的是孩子的父亲，但是，尽管这样，我也没有首先注意父亲的意向，而是先和母亲谈的，结果大体上得到她的同意。这并不是无视父亲的存在。我想领养这个孩子，这就是对这位父亲的尊重，是我和表兄的因缘，也使我表兄放心。因为孩子的母亲也很理解，她看我一切都放心，所以就没有多操没用的心。况且，母亲也很难和父亲面对面地商量。因为那样反倒可能别别扭扭，久拖不决。我觉得我直接对表兄说一声我要民子，一切事情都会迎刃而解。

"我明天就去大阪见见他。"

我轻松地这么说。

"啊，您如果去的话，他也会答应的，不过这话您可别提是我说的，就说您看了孩子，仔细思量之后决定的。我觉得这么说比较好。"

我当然知道母亲的想法。便回答说：

"对，我就这么说吧！"

我觉得这事很容易。我相信，如果因为说话的口气和方式不好，或多或少地惹恼了表兄，他也不会形之于外。

总而言之，孩子到了我家，即便是这孩子合乎自然的命运，毕竟也是母亲放弃了孩子。我不放心的就是孩子走了以后的母亲。和母亲的哥哥商量过，结论是无法保证母亲心灵生活的平静。不过和母亲的哥哥先面谈一次之后，我就想和孩子的父亲谈一谈。

凑巧母亲的姐姐要来，把她也带上去表兄家，我觉得挺合适。

知道我们从镰仓来，母亲就把她姐姐请来，昨天送我们到电车站的时候，母亲对孩子说：

"民子，你姨妈可能来啦，说不定就是这趟电车呢。"

果然，我们在医科学校前边遇上了她姐姐。这位姐姐提着大包袱，直喊"好沉，好沉"，看到我们就站住了。

孩子的母亲伸手帮姐姐提那大包袱，她说希望我同她们一起回家，我说反正明天我还要来，就从这里回京都的投宿之处。母亲说：

"我姐姐说，您十四日能来。可是您提前一天到啦。"

我说："本来想十二日去奈良看那里的灌田节，十四日拜访您。因为和朋友有约一起去看，我应该十一日到达奈良，可是我晚了一天，昨天在火车里站了一半路程，到京都的时候已经是晚上了，累得我动不了步，所以就不想去奈良了。"

我这么说了之后立刻意识到，对方可能理解为游山玩水顺便探亲，这就显得不够慎重了。

母亲的姐姐给我们带来许多吃的东西，所以她的包才那么沉。对于两口之家的妹妹，战争时期的匮乏是难免的，这位姐姐关心妹妹，经常从乡下给她送些东西来。

四

我毕业的中学所在的街，就在从孩子住处的小镇坐电车出发的第二个站。和国营铁路比较起来，这个电车路线离中学更近。

坐国营电车时，从车窗只能看见中学的屋顶，每次路过这里时总是瞥上一眼，我是第一次坐私营电车，所以我抓着吊环面朝中学的方向。

唯有这个车站才能看见故乡的山。细说起来就是，下行的时候，到站之前就能从国营铁路的右车窗看见故乡的山，车出了车站时从左侧车窗能看见中学的屋顶，所以我总是从右侧车窗看完又跑到左侧车窗去看。坐这个电车，只从右侧车窗就能看见山和学校。

但是中学离铁路比想象的还近。因为离得太近，反倒有种特别的感觉。

我的故乡，位于距这个车站有一里半之遥的北边一个村庄，去丹波的方向，山重水复，地势越来越高，故乡小村就在山麓，这里没有可做记忆目标的山，当地称之为车站旁边的千里山，被这低矮然而却很长很宽仿佛台地一般的山角挡住，离远一些就看不见。

顺着山麓走，大致有一里半之遥才到中学，当年我就是徒步上学的。所以从火车里朝山角那边望去，就能判断出我们村庄的所在。

我们村东边邻村的两三座山，在那一带的小山之中是最大的，山形既美，而且是风光明丽的草山，从远处一眼就能看得见，所以我有时候先找它，看到它之后再把视线转移到我们村的位置上去。

这样观赏我的故里，印象是平凡而漠然的，刚想着"就在那一带吧"，从电车上就再也看不见了，有的时候看到类似我们村庄所在之处的山上有一古寺。我不由得想起：

"啊，那是如意寺！"

仿佛出乎意外看到了故乡，不由得有些黯然。

如意寺是这个寺的古名，我还在村里的时候寺名就改了，仓促之间，想不起它的新名叫什么了。

原来的寺名记得这么牢，不仅仅因为它使用原来名字的时候是我们家的寺庙，而是因为孩子时代记得踏实。不过看见寺庙之所以刺痛了我的心，是因为它曾经是我们家的庙，是和我的祖父有联系的缘故。

在我是个孩子的时候，那庙是个尼姑庵，只有一位尼姑。尼姑入了我们家的户籍。她大概是祖父的养女吧。寺庙建筑物以及所属山林，全为祖父所有。与其说我还是个孩子对这些全然不懂，倒不如说从来没有想过，只是觉得寺庙和我家关系很密切更合适。

当然，那位尼姑常到我家来，我也常到寺庙里去，在将近十年的时间里，关于这方面的记忆，只此而已。我八岁那年祖母去世。我对于祖母的记忆，只有祖父举着铁水壶追着我要打的时候，祖母把我拉到屋子的一角用她的身体把我挡住，她替我挨了打，以及她死的那天直说脚凉，我平生第一次给她穿袜子，平生第一次给她掖好被边，具体的记忆只有这些。想起祖母去世的那天，我幼小的心灵居然如此关怀祖母，我觉得那是不可思议的。父母双双过早地去世，抛下一个孙子由年老的祖父祖母照养，而这个孙子体弱多病又脾气特别，祖母为我付出的辛劳，那是旁观者看也不忍看的。直到我上小学，在这之前从来没有正正经经地吃顿米饭，祖母连哄带劝，用筷子夹一点点米饭送到我嘴边。因为一直是娇生惯养，我一讨厌上学时，祖母就把早晨打开的防雨板窗关上，因为村里的孩子们到我家门前喊我的名字，或者大声咒骂，甚至用石子砸窗户，这时候，祖父就和我一起在黑屋子里坐着。因为我不上学就影响这个村的学生上课率，所以孩子组队找我一起上学。

当我因为工作而使身体过分劳累的时候，我对妻子笑着说：

"像我这样的，我觉得能活到现在就算很不错了。想起我小时候那些事，也许是活过了头哪。"我接着说：

"实际上我还是保养得不错的。不过，照这么干，也不会坚持太久吧。"

当然这是玩笑话，但是也有一半是实话。

我的自我强制，旁观者比我自己更感到吃惊。到我家干活的女仆都说，先生真是与众不同。或者说，谁也比不了先生。租住旅馆的房间工作时，不论哪个旅馆，对于我这样自我强迫的工作态度简直看不下去，所以无不特别亲切相待。

即使过了四十岁，我的拼命工作反而有增无减。二十岁或三十岁里，那是写不出来也要硬写下去的；现在是不论情况如何，只写自己能写的。看起来只是工作量少了而已，强撑着硬干这一点却丝毫未变。

通宵工作，今年整整连续干了七个月。最近以来没有女仆了，妻子为了孩子上学必须四点起来，我正好发挥了准确无误的闹钟作用。

通宵工作积久成习之人，只要看他们夜里要吃两三次饭否则肚子就饿，就可以想象到他们的体力消耗之大。手也不好使了，有时手里的笔居然掉下去。到了钻进被窝的时候才感到脚有些麻。虽然不是规规矩矩地坐着，也照旧疲劳。这时候耳朵有些聋，这也是疲劳所致。半夜里常常被什么绊一下或者碰上什么。大多只睡四五个钟头的觉。这么干了七个月，虽然仅仅有两三次不曾动脑子，然而身体却令人惊奇地恢复了。从前常常出现疲劳发烧，然而现在整个冬天一直是通宵工作也从不感冒。不过，体重不足三十九公斤的身体，也只能做到这个程度，辛苦当然是无须多说的，但是精神上能坚持到底，连我也觉得不可思议。

我的通宵拼命工作，本来是因为懒惰而发展起来的，但是从另一方面看，不能不认为它倒成了我保持健康的办法。不过最近我白天也写东西，每天干十个小时的工作，似乎不能算懒惰，但是那工作在我看来好像"练习钢笔字"一般，进展很慢。

写这个作品的时候很不得心应手，痛苦之余我只能自言自语地呵叱自己：

"爷爷，我可是写您哪！"

这样，脑子像被清流滤过一遍，写得有些像个样子了。

祖父是和我生活在一起的唯一的一位骨肉亲人。这个作品里我应该写一写他。

我精神饱满地来到廊下。中秋之月当头高照。

"啊，今年依旧能看到中秋明月。"

我自言自语地这么说着仰头望月，这时，莫名所以的感动充满全身。

仔细看来，这天晚上的月亮似乎和中秋之月名实相违，最好的月亮在中秋之日前一个晚上或前两个晚上，此刻仰头望去，当然仍有中秋明月之感。我的自言自语，也是出乎意外地看到了中秋明月而发的纯粹惊讶。

但是我的自言自语听起来不顺耳，后来我想，也许是我的眼睛不好，才脱口而出，可是似乎又不是这样。

这回我想试验一下视力再看那月亮，夜空之下，既没有严重的飞蚊症，玻璃体也没有尘蒙的感觉，也没有怀疑自己的眼睛长了若有若无的薄翳，看得十分清楚。好像轻微的乱视业已治好，月亮的轮廓非常清晰。

我在四五年前就觉得眼睛不太好，请医生看过之后，表兄也让我多加小心，他说，我祖父、外婆都是因白内障失明的，我母亲的姐姐因白内障而致残。在表兄提醒我之前，我从未担心过那些人的失明也会降临到我身上。关于白内障，我只有粗浅的知识，似乎也知道它能遗传，但是根本忘记了和自己联系起来想一想。偏巧视界出现了阴翳，我想到这可能是白内障的前兆，便请医生诊察，医生说这是玻璃体的生理现象，我却表示怀疑，于是医生笑了。从那以后过了一两年，出现白翳的时候我住了十天医院，医生给我做了仔细的检查，结果也不是白内障。不过，两次诊察的大夫都说是眼底结核造成的麻烦。右眼因为是在网膜的中央，所以损伤视力。左眼是在视觉神经的近旁，这地方会造成危险。

"究竟是多少年前开始恶化的？"

"这个嘛，就跟伤痕一样，完全治好之后，就难以弄清楚什么时候受的伤了。"

"两只眼是同时吗？"

我再次叮问了一句。医生回答说：

"看旧的伤痕是分不出先后的。"

考中学的体检时，我的右眼就看不太清楚，我曾经为此大吃一惊，由此可见，出毛病肯定是在这之前。

尽管这样，三十年来，对于自己右眼不大起作用这件事从来没有想弄个清楚，这也未免太马虎了。实际上我是万事莫不如此的。肺部很早以前就没有一点毛病，做梦也没想到眼底会得这种病。

此后眼珠上出现了一个小疙瘩，我想这回一定是白翳，尽管为此有些担心，可是总说去医院，今天拖明天，明天又拖明天，一直拖了半年，天天点药铺买的眼药水。偏巧妻子闹了眼病，我陪她去眼科医院的时候顺便请医生给我也看了看。

"啊，是茧子！"

医生笑着告诉我。

"茧子？眼睛里也长茧子？"

"不错，一点儿也不奇怪。眼睛总是面对海风的渔夫们，常常长这东西，而且更大。你用不着挂心，没什么大不了的。"

五

　　我之所以不愿意上学，是因为我在老祖母老祖父的怀里长大，他们仿佛总担心我被风吹着，与其说见人认生，莫如说怯于见人更合适。直到现在我还清清楚楚地记得入学典礼时的恐怖。全校的孩子聚集于大礼堂，我夹杂在其中，这是我第一次看见这么多的人，也从来没想过世上有这么多人，所以感到可怕的压抑。没有椅子，大家都站着，入学的孩子都有父母陪同，我被周围的大人挡着，什么也看不见。实际上有些目眩，就像幼儿怕黑暗一样。好像黑暗化为形象、化为声音袭来，我害怕人群，结果是眼里噙着泪，咧着嘴要哭。

　　那是我第一次去了人多的地方，当时的印象至今难忘。说起来这次也可能是我的一个转机。那是对于自我以外存在人群的一种惊愕。对于几百人聚集一堂的拥挤气氛，我没有忍耐得下的思想准备。我眼里的人群简直就像巨大的兽群，它一直威胁着我。生活在五十户左右的农村，在老人怀里热热乎乎地焐着，我心灵的皮肤比别人薄得多，似乎是一颗赤裸的心。另一方面，像这样虚弱的年幼孩子似乎常常有莫名其妙的想法闪现于脑子里。上了小学之后上了中学，我也结实起来，那些奇行怪癖也有了改正，但是自己知道也要愚钝下去了。

小的时候，需要找的东西，所在何处我往往一说就准。我说明天有客来，果然就来了。这种灵机我自己也觉得奇怪，但确实有许多方便之处，丢了什么东西，明天的天气如何，祖父母想要知道的时候总是问我。我只是满不在乎地回答，说对了也不以为有什么了不起。上小学的时候，这种灵机不知不觉地就消失了。多年之后，尽管我对心灵学曾有过兴趣，然而我自己从没有发生过类似上述的现象。还有，与其说我相信心灵现象本身，莫如说我把它看作灵魂之歌更合适。但是，对于幼时失掉的世界所抱的怀恋，大概是永远潜藏于心吧。

祖母大概是看着我上了小学，这是她的一个莫大安慰吧，就在那一年她撒手归西。逝世之前我有预感，这也许是我的灵机给我留下的最后纪念。

祖母说她脚冷，找出袜子来，我给她穿好。当时还不是穿袜子的季节，不是夏季之前就是夏季以后。也就是吃过午饭没过多久的事。直到现在我还记得当时祖母的那双脚，小而且柔软，虽然那不过是我印象中一双不脏而布满皱纹的普通老太太的脚，如果不是经我的手给她穿上袜子，从而和哀伤联系在一起，我对祖母这双脚就未必记得十分牢靠。

然后祖母就铺好被褥钻了进去。我把被边给她掖好。她床铺的位置我记得清清楚楚。在我们家西北角上那间八铺席大小的屋子里，南靠佛堂，头朝西。不过那被子的花纹和颜色，没有记住，反正在白天的铺席上色调显得暗一些。想到我给她掖过被边，就联想起那被边是淡黄色的，但这并不等于被子就是淡黄色的，只是因为它颜色明亮我记得明确而已。

躺在被窝里祖母的头常常浮现在我记忆中，可是仔细一看，实际上却是祖父。祖父的头是在同一房间靠西墙，他头朝南。我十六岁的那年夏天祖父去世了，去世之前一直是这样。我的被褥就铺在他身旁。

虽然那天是我头一次伺候祖母，但是我没想到她病了。祖母自己也说只是浑身有些冷而已。

她进被窝之后不大会儿工夫，也就是两三个钟头之后吧，我坐在她枕旁的时候，祖母的右臂轻轻地动了两次。手腕弯着，看来她是想用手臂表达什么。

动了两下之后就断了气。

"爷爷！爷爷！"

我喊在后院的爷爷。

我以为祖父准在井边。

这也许是因为我记忆中的后院始终是以井为中心的。

祖母想用手臂表达什么，是因为此刻她已说不出话来了，似乎连叫人的声音也发不出来。我记得我突然坐在已经断了气的祖母的枕边。我也不知道为什么坐在这里。我也不记得谁召唤过我。

似乎恰逢这个时候，我来了，正好就坐在这里了。

我看到的只是祖母的手臂动了动。但那动作并不明显，只是模模糊糊的感觉而已，这一点我记得十分清楚。从此以后，它就成了我和祖母最明确的联系，祖母临终时手臂的活动，不论我怎样用自己的语言描述，祖母都会同意的。

我的祖母为了抚养我备尝艰辛，只是在她去世的这天我才服侍了她一次，我那幼小的心灵也觉得不可思议，孩子自我本位的良心也觉得安然许多，对于祖母之死好像也能承受了。

回忆如意寺的尼姑就没有这些踪迹可寻了。没有准确无误的记忆而想起那个人的时候，令人着急，焦躁不安，总之，因为没办法踏足于相隔久远的时空中去，所以难免被凄凉的悔恨所纠缠。因为对于那个人自己不甚理解，所以将沉湎于愧疚的反省之中。

回首过去，如果某一鲜明形象在脑海里复活，就会感到自己生存的无力，比如想起尼姑的时候，就不能不在道义上有负疚之感。

祖父一去世就剩下我这个孩子了。在开亲属会议的时候，一位近亲说：

"如意寺的妙瑞入了我们的户籍了吧？"

"对，可是她死了。"

"哦。"

说她死了的时候，我至今还记得那心情是沉重的。

尼姑死之前户籍一直在我家，还是把她赶出山寺之后注销了她的户口，这些我都不太清楚。亲属大概是看了户籍抄本这么说的吧。

尼姑之死只是像一阵风一样传遍全村而已，好像和我们家没有任何关系。把她从久居的山寺赶了出去，可能是促其早死的原因，后来我才知道根本是祖父的错误，但是归根结底是尼姑对于年迈的祖父和年幼的孙子这两口之家毫不关心，然而我这年幼的孩子毫无所知地过我的生活。

在我的家也好，山寺也好，以及我的家和山寺的任何道路上，我总是茫然地想起尼姑的身影，但是总也浮现不出我和尼姑在一起的身影。因此，尼姑的身影是不动的。因为看着尼姑的我这个人不在，所以理所当然地不动。仿佛模模糊糊的肖像画一样。

我想起尼姑从我家回山寺的路上，尼姑脖子上围的白布。白布挺在脖子的周围。尼姑很冷，缩着脖子。她那脖子很短。能看见白布的上缘，但是看不见下缘。也许下缘掖进衣服的领口里了。或者它不是围脖子的，白色衣服的领子给人以寒冷的印象，所以记成围脖子的白布。

但是，如果是围脖子的，那必须是白绢，如果是衣服领子，那一定是白棉布。究竟是什么，我的记忆是模糊不清的。

然而脖子围着白布的尼姑的背影只是站在路上不迈步。我一点也感觉不到尼姑的温暖，只感到了寒村冬日旷野的傍晚。

尼姑似乎患了畏寒症。肤色很不好。个头不高，好像是一张圆脸，头也是圆形的，不大。

想起尼姑的头自然也就想起她的弟子小尼姑的头，那长长的、脑盖骨挺大的头。剃得溜光的脑袋似乎很沉，以致那小小的个子不堪重负似的。多年来住在山寺，独身生活，变得神经质的这位尼姑好像总觉得这女孩子什么地方不干净，皱着眉头，常常对我祖父诉说什么。

我上小学低年级的时候，这女孩子就到山寺了。小尼姑当时已经是高年级的年龄。白布筒袖的衣服上面罩一件带袖的黑法衣，天天上学。她那晃着黑袖子跑得很笨的姿势，以及不顾衣袖拖在地上蹲在菖蒲池岸的姿态，给我留下深刻的印象。大概就是因为那副姿态吧，我觉得她的年龄比我大很多。我茫然地觉得她有些女人气了。和她一起玩的时候，总有尴尬的情绪。

小尼姑的形象成了村里孩子们恶作剧的靶子，因为她自己也常常吊儿郎当，招惹了孩子们，所以总是被欺负得大哭一场。年龄较小的我对她也没有好感。尼姑是打算让她作为这个山寺的继承人，果然如此，她的户籍当然归我家。小尼姑从哪里来的，后来又回到哪里去了，我一概不知，我想，她离开山寺已经有一年了。

可能是因为我记得这小尼姑在我家廊下和院子里的水池边上玩过，给我留下了些许温馨印象。她站在挺立的菖蒲绿叶旁边，胖胖的红脸颊，离得稍远也能看得清楚的白而短的手指，看不出她在玩什么，只看见她在发呆。和领口上围着白布的尼姑不同，小尼姑的形象是活动的，我觉得我就站在她旁边。

想起这孩子，就觉得她似乎正在铺席颜色晦暗的山寺房间里承受着尼姑的严厉教训。不过，我把小尼姑和大尼姑对照，绝不是想把大尼姑写成冷漠的人，相反，我以为正是因为大尼姑温情脉脉的教导，小尼姑才那样。

我那时毕竟是个孩子，当然无法知道尼姑的悲惨。连尼姑离开山寺是我几岁时候的事，我也记不清了。只是大致估计出是本村蔓延赤痢的那一年，或者就是第二年。因为赤痢是我上中学一年级的时候闹起来的，我觉得莫名其妙，所以记得清楚。

我们村里还有五个中学生，比我高一年级的两个人，和我同年级的三个人。高一年级的朋友的弟弟感染赤痢，送进了隔离医院之后，不知道为什么我对他弟弟非常想念。我记得很清楚，这种初次的感情觉醒，简直使我坐立不安，支持不住。当我等他出院等不下去而前往探望他的时候，我站在院子里把他的病房拉窗拉开一条缝子一看，只见他弟弟的黑头发一根也不见了，满脑袋刚长出来的淡茶色胎毛。眼神迟钝呆滞，感觉朝我这边望一望都很费事。看到他这副衰弱不堪的样子，确实很伤感，但是备觉怜爱。因为这是我自己从未想象过的事，所以记得很清楚。

我很替他担心，这场病后，明年春天他能上中学吗？朋友的弟弟比我低一年级，由此可见，那时我上中学一年级。本村流行赤痢的时候正是改建山寺的当口，所以就把寺里的佛像存在我们家里了。山寺改建一新之后不久，尼姑就被赶走，那时，我正在上中学一年级或者中学二年级。总之，我就是这样从朋友的弟弟得赤痢那时，计算尼姑离开我们的年代。

六

有一天我放学回家一看，如意寺的佛像全都搬进我家的客厅里了。我边把隔扇拉开一个缝往里看，边问：

"哪个是虚空藏？"

这第一句话我是记得清清楚楚的。

"虚空藏当然在正中啦！"

帮忙的老太太实代走上前来往里窥视着告诉我。

对面墙根处铺上了素白的木板，上面摆着六七尊佛像。木板的长度正好是八铺席的全长。

我也想，正中的金光闪闪、十分庄严的佛一定是虚空藏。在如意寺的佛像之中我记得名字的只有虚空藏。

因为本村的人都称这个山寺为"虚空藏"，从这称呼上可见村民对它的信仰之深。十三岁的人参拜虚空藏这一天，是本村最热闹的节日。搭棚摆摊的商贩，比土地神的祭礼那天还多，前来参拜的外村人也很多。邻近各村到了十三岁的孩子当然都来。因为这山寺和我家佛缘很深，这一天照例有很多人到我家来，这时候我既高兴也有些腼腆，我就不能像其他的孩子那样去逛货摊了。

本村的孩子长大的标志是元服之礼，去参拜伊势神宫，每年都是立上旗幡，唱歌，排成队，在年长者率领之下威风凛凛地出发，很明显，这是向成人挑战。不过到了十三岁参拜虚空藏这一天，也是按照传统习俗行事，我觉得它表明了当年十三岁的孩子们从幼年期步入少年期，这是谁都没说然而心里都明白的。

于是本村的孩子就要先拜虚空藏菩萨。

"南无阿弥陀佛，南无阿弥陀佛，在这闲待着干什么？拜拜庙里的佛多好，像你这样的好孩子不拜佛可不行。去拜一拜吧。"

实代边说边连连搓手。

"少爷，您就先拜吧。喏，少爷，您先进去。"

她这么一说我倒反而退后了。

在京畿地区西方礼佛① 始终不衰，即使在偏僻的乡村，外出礼佛的习俗仍在，各种佛事传统，依然照旧。那热心的情绪和从前一样让人感到真诚，仿佛觉得置身于往昔。我是经笃信神佛的老人抚养长大的，可是我却不愿意进客厅。

孩子的心是看到佛像才感到佛，这是很自然的。但是不论在尼姑庵里还是任何地方我从来没有注意过的佛像，突然从供人膜拜的佛座上撤下来，光秃秃地摆在我家，特别令人吃惊。像举着手臂做愤怒状的佛像，在俗家的屋子里就显得特别庞大，而且有些阴森可怖。但是，即使如此，想起把佛像请到自己家里，年幼的心也是很激动的。感到这间客厅充满光明。

---

① 关西地区的三十三处观音寺巡礼和四国八十八处观音寺巡礼。

佛像存放在我家，连我也感到我家和如意寺的联系加强了。

佛像表明，我们家拥有自己的寺庙。

寺是黄檗宗的寺，所以并不古老，乡村孩子对于寺庙古老到什么程度并不关心，不古老的也认为是古老的。回想当时虚空藏菩萨沁人心脾的金色，那种亲切感和那种纯净感，是极其朴素的。

从上小学的时候起，我几乎每天都要爬上院子里那棵野瑞香读书。它是祖父心爱之物，爱的程度仅次于那棵老松。这棵野瑞香也相当老了，从它那树干头部向四方伸展它的粗枝，我的脚就蹬在树枝上，靠着树干，姿势随便绝不难受，而且我在树上的位置总是固定的。回忆起来，那高度也许有所夸张，实际上大概要比屋顶高一些。我坐在树上就觉得这里是我的巢一样。

快到四十岁的时候，初次看到明惠上人树上坐禅的画像时，我不由得流了泪。还没有想起野瑞香上的自己，眼泪就夺眶而出了。这可能是把明惠和幼年的自己得意地相提并论之前纯洁的感动吧。粗糙的照片上依旧看得出松树的生命力生动感人，照片上的小鸟高声歌唱。我在树上的时候，成群的小鸟飞到野瑞香上鸣唱也是常有的事。

上树读书之类癖好，大概一直保持到结婚之前。

其实，树上读书既没有原因也没有什么意义，只是突发奇想，习惯成自然。并非感伤，倒是贪于野趣，也没有想到这样做是与众不同的。

树上读书的回忆，我没有和别人说过，我也没有因它回忆起往事。我生平不喜欢追忆自己过去的事，不以为这有什么意义，所以树上读书的事即使有时回想起来也不过是带出淡淡的哀愁色彩而已。

看到明惠上人画像不由得流泪，连我自己也为之吃惊。

我有时候想，在野瑞香上读书的幼年形象，也许蕴含着我天生的性情和平生的幸福。

爬到树上读书的孩子，回想起来也好，从旁观者的角度说起来也好，那形象可能是孤独和寂寥的吧。然而孩子却觉得有趣，急急忙忙地往上爬。被树枝树叶包围着的我这个巢虽然有些暗，但是读到中途的书让我恋恋不舍而不顾其他。

傍晚，凉气和一股木香袭来，刚有此感觉的一刹那，就觉得冷清寂寞，想赶快下来，在树干稍高的地方撒手往下一跳，震得两颊一颤，那声音从耳朵穿了过去一般，接下来感觉到的是凉而且湿的苔藓，和方才在树上的感伤情怀交织在一起。这是刚上中学之后的事。那时耽于古典作品，不明意义只是诵读，不过读起来那调子非常美好，令人憧憬不已。这样的读法，不免带有感伤情绪。

但是，盛夏季节的午觉照例睡在院子里的石头上。从那棵野瑞香往里走有一棵大橡树，南边还有许多树，因而这里形成一片阴凉，我仰卧在石头上，或者听橡树枝上的蝉声，或者眯起眼睛看树叶之间的天空。那块石头长度足够我伸直了腿，可是却像一块炸豆腐一样横着直立在那里，宽度勉勉强强和我的肩宽相等，仰卧在上面翻不了身。如果把手臂放在肋骨处，就会立刻从两边耷拉下来。高度有两三尺左右。我记得睡在上面还从来没有掉下来过。

虽然皮肤粗糙，可是石头却坑坑洼洼，硌得脊梁骨疼。尽管不是一个好的睡觉之处，但感觉还是不错的。

祖父的葬礼那天，我突然流鼻血，赶紧跳到院子里躺在石头上。谁也不知道，事情就过去了。常常在这里睡觉，突然流鼻血的时候，在此处躺一躺很起作用。

第二天早晨去拾骨灰。名字叫火葬场，实际上就是在墓地的一角挖个坑，露天里烧的，捡骨殖的时候我蹲下身来，残余的热气直冲鼻子，还有略带热气的血。我用宽幅腰带的一端按住鼻子跑进山里，往地上一躺，一动不动。

山下的池子映着夏日的朝阳闪闪发光。我觉得自己实在受不了。

"少爷，少爷！"

火葬场那边传来喊我的声音。我睁开眼睛，此时看得见小松山的松叶也熠熠生辉呢。

祖父去世是我中学三年级的时候，这年夏季结束时我被舅父领养而去了淀川。

从第二年暑假开始，我主要不是为了去游泳而是为了睡午觉，天天前往淀川。只把脚尖泡在水里，仰卧在沙滩上便睡。

有一次被"喂，喂"的喊声吵醒，睁眼一看，原来是二三十艘运货船鼓着帆驶向上游。听得见船边的水声越来越近。鼓帆的风声也听得见了。

那蓬勃的帆力，天已过午的水色，芦苇叶子在风中磨擦而刷刷作响，这瞬间对于我来说实在新鲜，但是那些船夫对我却报以骂声和笑声。

"呆子，你活得还真不错哪。你趁早别摆这个架势，人家会把你当淹死的死尸哪！"

看得出远处有淹死的人，船是赶到那里去的，所以我赶紧穿上衣服。

类似这样的倒霉事我记得还碰上过几次。

刚到舅父家的时候，我常常早晨起得很早到田野里看日出。淀川从南流过来而折向东，村庄就在淀川边上。辽阔的大阪平原上的日出，我这来自山边村庄的人觉得很新奇。我光着脚板踏着朝露在田埂上转悠。那饱吸露水的草也比山边的柔软。

一天早晨，表兄看见我光着脚板回来，好像以为我干了什么莫名其妙的事一般，用奇怪的眼光看着我。我害臊了，从此再也不去看日出。日出日没，我在山边的时候也常常去农田野地里看过，但是却没有注意到它的妙处。

从三年级的第二学期开始就入住宿舍，这时我对玻璃窗感到奇妙。当然，学校的教室也有玻璃窗，但是没有住过带玻璃窗的屋子。特别是对于月夜之下的大玻璃窗更喜欢。我把我的床铺靠近窗户，睡在月光里。正月和二月是冬天的月亮，我从被窝里看月亮移动，感到非常有趣，在月光中睡觉很幸福。

我每天晚上都是这样，有一天，五年级的室长难以出口似的对我说：

"刚才舍监把我叫去了，说是你睡觉的时候总是铺盖离别人远远的，紧靠着窗户，好像你一个人只好另找地方睡一样。舍监说是不是因为你是新生净挨我们的欺负。看起来好像你一个人住单间。他说你是诗人？还得睡在月光之下，这种行为不允许。我们虽然一点儿也不介意，可是受误会总觉得冤枉吧。"

我从来没有感到这么害臊过。说我矫揉造作装诗人，而且室长也这么看，我的脸立刻红了，好像意识到吃了白眼，我陷入了自卑。

这种自卑很强烈。赤脚去看日出，睡在窗前的月光里，直到现在还是我极不愉快的记忆。爬上树读书，躺在石头上睡午觉，可能是无人见责，还不算不愉快的记忆。居于这两项中间的是淀川的午睡，因为被人取笑了一番，所以存于记忆之中，这是因为仅仅被当时路过的船夫看到，而且是和我无关系的人。

但是，这些都是一个少年活泼的表现，几乎是无目的和无意识的癖好。

中年就没有这种癖好了，再看明惠上人的画像，仍然会联想起我的故里。

据说，使记忆复苏的全在于现在，使记忆消失的，只有过去。因为脱离现在的心不可能有记忆，所以，靠追忆恢复准确的过去，是不可能的。我常常为自己不善于追忆而沮丧。

在树上读书等等的情绪，直到以后很久也没明白是怎么回事。细想起来，可能只是一种逃避。比现在想象的更带有野性。

看到客厅里的佛像时那种幼稚的感动，和现在想起它的心境不同，不过是勉强用想象来歪曲过去而已。

但是我常常想起那时我曾经有过的阳光十分充足的屋子。

七

客厅里充满光明的感觉，并不仅仅因为佛像是金色的缘故，新铺的铺席也起了作用。

据说把佛像放在没有铺席的屋子里是不恭至极的事，所以才及时铺了铺席。改建山寺是大阪的一位富人出的钱，也就是说，我家客厅的铺席也是用他的钱铺的。在这之前那客厅是白木地板上直接铺藤皮帘子。

唯独客厅没有铺席似乎实属奇怪，究其原因，我想可能是祖父建这幢房屋时把钱用光，最后铺客厅的铺席钱也没有了。或者祖父想，其他房间的铺席用价钱便宜的先对付着用，客厅总得铺好一些的，所以就往后推了，结果就这样一年一年地过来了。四十年前，八张铺席的钱数目不大，用藤皮帘子代替，最后等于浪费了这笔钱，但是，不这么办，立刻拿出铺席钱来，我们家那时没有这笔富余钱。

这所房子，祖父当然是为了度过艰难岁月临时建的。

祖父大概是从明治开化时代起就着手经营茶园、制造通心粉等，干过许多事业，但是屡干屡遭失败，把土地和山卖给了邻村，而且声称便宜绝不给外地人，他的脚绝不踏别人的土地，把宅地四周的仓房也卖了，二十年之内，甚至把自己的住宅也卖掉，搬出了本村。他把父亲送进东京的医学校，让他在大阪开业，这对于当时的乡村的小地主来说，负担是够重的了。

父亲受到祖父的褒爱，从小的生活就够奢侈的，青年时代也跟我一样没有尝过艰辛，没有缺过钱。我在堆房里看到父亲的照片足有几十张，实在让我大吃一惊。我上中学的时候从来没想过进照相馆给自己照张相。我们村里的人自己有照片的不少。父亲既摩登又潇洒，正因为是这么个人物才大手大脚地花钱。我母亲连一张相片也没有，据说她长得很丑。

我记事的时候，父亲的遗物中大致成套的也就是汉文典籍而已，没有别的什么可以窥见他当年生活的东西。祖父把为了将来给我穿而留下来的不多的衣服给我看过，我是第一次听说那面料叫什么名字。祖父母最钟爱父亲，为了父亲不惜倾家荡产，我以为父亲的一生是无忧无虑的一生。我现在的年龄已经超过当年父亲的享年，因为对于父亲我没有直接的记忆，所以这种想象也是聊以自慰的供养。

父亲去世的第二年，母亲也相随而去。当时祖父母住在母亲的故乡，它也是祖母的故乡，村庄在淀川边上，祖父母是临时住在这里的，没过多久他们就回到祖先久居的村庄了。两个孙辈之中，我的姐姐寄养在我叔父家里。我想那是我五六岁的时候吧。

我回到祖居的记忆是这样的：门前一大排刺叶桂树，遍地是碎瓦片，石头子。回到故乡一看，第一个印象是院子荒凉得很，年幼的人不会有此感触，大概是我把祖父的话留在记忆里了，于是就把它作为自己的印象。这是我回到祖居的最初印象，也许是我最古老的记忆。

我记得最清楚的是门前房后全是林立的刺叶桂树，遍地盛开杜鹃。

我幼年的记忆中常常有树木。

祖母去世的时候，祖父站在柚子树下，对着离那棵树有一条半街之遥的一户农家喊：

"实代，实代！"

他叫我家帮工的实代的喊声，依然留在我的耳际。

村道从我家宅地旁边通过，被割开的土地在道路的对面成河岸形状，它的北端有一棵柚子树。在我家帮工的那户农家在那棵柚子树的东北，隔着一块旱地看得清清楚楚。祖父有什么事的时候就站在那棵树下喊：

"实代，实代！"

大概是他看不见的缘故吧，祖父向远处喊的时候，那声音像笛声一般细。

祖母死的那天，我记得柚子好像成熟了。我记得柚子熟了就变成黄色，一棵大树结满果，柚子吊在弹力和韧性极强的枝条上，用竹竿狠狠地打才能把它敲下来，一竿子把它打得飞落地上，我们这些孩子们看了觉得非常有趣。

对于这棵柚子树的记忆，反而使我记不清祖母去世的日子了，不过确实有那么一棵大树。至于刺叶桂树和野瑞香，也许直到今天还没有枯死。

其次，这些树木我一直把它们当作地点的标志，也当作记忆的依靠。

不过每当我想起给客厅铺上铺席以迎接佛像的季节，那棵大山茶树便立刻浮上心头，和别的树稍有不同。

春天明丽的晴空，必须仰着头才能看到那棵大山茶树盛开的花。山茶一般都喜欢背景暗的地方，但是这棵山茶却开在明丽的晴空之下，阳光从树叶之间洒下来。所以，这棵山茶是以它的叶子做背景的。厚实的叶子呈藏青色，画出一块一块的阴影。红色的花明澈到足以透过日光，但是它仿佛带少许的蓝色，正是有这令人微微感觉出的蓝色，就增加了一些厚厚的触感，这样看起来反而更加透明。

就山茶来说，这可是很珍奇的大山茶树。远看它好像在我家院子里，实际上并不是。全村再也没有比它更大的山茶树。

曾经去过许多寺院拜佛，曾经想过，那时看到的山茶是否可能和我家迎接佛像时的那株山茶在记忆中混淆在一起，但是从来也没有想起过其他寺庙的山茶，原因就在于这棵山茶是开在天空中的。看看它，就想象喜欢的姑娘穿着一身山茶花的衣服，感到温情脉脉的吸引，山茶花图案是少年所好，说不定真有这么一位姑娘，但是苦思冥想也想不出来。

还有，因为记忆中有这株山茶，所以最近就留心察看镰仓是否也有这么大的山茶树，结果发现，山茶叶子比花瓣更透日光，和我记忆中的正好相反。我讨厌记忆中的感伤，我在镰仓，下午两点左右就坐在屋子里，仰视南边院子里的山茶，因为怀恋记忆中的山茶，就想也许太阳偏斜的程度和眼睛的视角不同，那花就会透光吧，但是结果是白费心思。

不过，因为有了这空想的山茶，也就明确了迎接佛像的季节是在春天。似乎是这样的：佛像的金色和新铺的铺席、院子里的山茶嫩叶，交相辉映，我的记忆又把它夸大，于是脑海里就浮现出那样的山茶。

"佛爷保佑咱们哪，哥儿。听过佛爷要请到这边来，大阪的岛田先生说，不铺铺席那可不像回事，瞧，这位老先生连这方面也注意了，多周到。我实在脸上挂不住，挂不住……"

祖父一开始说这件事的时候就声音哽咽，说着说着就抽泣起来了，他说：

"脸上实在挂不住，可是我们得感谢人家呀！给铺了这么好的铺席，喏，哥儿，岛田先生很了不起呀，往后你可得尊敬这位老先生。"

他的眼泪一直没停。

那时的祖父对于别人给予的些微善意，已经是无不立即感激涕零了。

大概是感情趋于极限了吧。纯粹是衰老现象。

不过对于我这个孩子来说，还不知道把泪流不止的祖父这种表现看作年老糊涂的标志，自己被他这眼泪引得动了纯真的感情，多少有些伤感。

这种想法已经渗透骨髓，即使现在，遇到别人善意相待，我仍然以这种心情回报。祖父生气的时候，也是盲目地流泪，不可思议的是，他的心情感染我，只有在我心怀感激的时候。

那时的祖父几乎什么都是盲目的，和幼小的孙子两个人过日子，之所以动不动就流泪，没有别的原因，仅仅是因为孤独和饥寒。我还没到能够完全理解祖父孤独的年龄，因为和祖父相依为命，所以他的孤独也传给了我。

当然，祖父的孤独是出于无限的寂寞，倒是使人觉得很合乎人情的。我没有看见过真正的孤独，即使感到日本人式的寂寞时，也仿佛在谁的灵魂之中一样，年幼的心灵从来没有冷过。

我常常梦见祖父，大多梦见祖父闹病，尽管病多种多样，但大多的结局是我不想祖父就这样死去而伤心备至，总在紧要关头惊醒。有的时候是哭醒的。

前不久的梦是祖父得了很重的痢疾。他浑身脏得厉害，我认真地服侍他。醒了之后我仍然看着他那脏兮兮的身体。这时仍然是半在梦中，我想，为什么会做这样的梦，便真的醒过来了。我想起晚饭吃得太多之后就睡了觉，所以才做这样的梦。于是我想，肚子疼了我就起来，可是肚子没疼。

我有慢性胃消化不良的毛病，所以身体又细又瘦，但是暴食的毛病却改不了。通宵工作的时候，一个晚上要吃三四次饭。而且只贪暴食的快感，从来没有养生的念头，然而却很少坏肚子。

做了这个梦，似乎是祖父对于我的暴食毛病开始担心。我想祖父是替我得了腹泻，我很感动，我仿佛仍在梦中似的怀着感激的心情睡着了。

以为吃得过多而做的梦，虽然仅仅是梦，但是祖父的腹泻和腰腿上表现出的老态，我却确确实实看得清清楚楚。

八

做了祖父将死的梦之后，我就回想起只剩下我们祖孙二人时期的生活。然而那只是因为梦引起，随后就睡着了，所以不像回想起具体的事件那样清醒，也就是说，只是感情上的回忆。总而言之，梦中我重回了那种情绪，情绪高涨，最终打破梦境，情绪余味尚存，我就在似梦似幻之中和我少年时代的心灵相会。过不了多久回到现实中来的时候，回味梦境，心想：

"我就是总想着祖父死还是没死过日子吗？"

这么一想倒是吃了一惊，悲情不由得如决堤之水漫上心头。这种悲伤是回顾少年时代的悲伤而情不自禁的，而少年时代的悲伤本身还能重现于现在，我抵抗悲伤的力量还没觉醒，所以悲伤无休止地源源而来。最后自己明白，祖父很早就去世了，为祖父之死再也没有必要操心，这样清醒之后就一块石头落地了。

不过做了悲伤的梦，并不一定现实就是悲伤的。即使梦中复活了过去的感情，它也不可能成为现在的事实。我以为，悲伤越深，越能净化现在的自己。从这种梦中醒来，甚至觉得余梦温馨，很值得怀恋。令人不胜悲痛的祖父之死已成过去，此后已经无须担心，我是如此深深地爱着祖父，又是令我大大地安心，我甚至觉得这是狡猾的自我满足。

从前的梦虚幻无常，过去的痕迹了无可寻，我已经看到了。但是，时时刻刻的现在，当然也就是时时刻刻的过去，像大河的深渊打着漩涡流去，像潮水激流来而复返，没有人知道真实的过去，也没有人知道真实的现在，现在的实感和未来的预想，也许不过是过去的投影，埋掉过去，忘掉过去，似乎都有生的智慧和神的恩宠的一面。假定人能把过去和现在分成两个包袱背在背上，调整平衡到便于行走的，便是过去。不能让过去的悲伤成为永远使现在跌跌撞撞、步履维艰的沉重包袱，对过去恐惧，只是罪恶而已。

我以为，过去的事物没有消失而遗存下来，从根本上说既是幸福也是罪恶。很难回忆起过去的事件中当时的感情如何，但是，却能够极其生动地回忆起幸福与罪恶，在回忆中其他的一切甚至都枯萎下去。

如果跟幸福和罪恶相比，过去的不幸和苦厄可能算不了什么。忘却与埋掉这一自然疗法很起作用。

不幸和灾厄常常降临到我的朋友头上，我因为年龄的关系，有时也只能把静观时光流去的温情脉脉的眼光压在心底，眺望着他们的悲苦。同情也罢，慰藉也罢，于法不容的残酷，除了等待时间的慈悲之外一筹莫展。然而时间毫厘不爽地前进。

我常常容易想到，这个世界不该有什么不幸或者背运。我并未倒霉到那个地步，之所以这么想，并不是因为迈过了深刻的困苦之后获得了肤浅的乐观，而是贪图安逸，喜欢退避，疏懒成性地满不在乎。我自我反省着，耻于过着掩盖人生的真实而打发日月的生活。但是我看一看真实，实际上根本没有什么可怕的，也不是必须强做一副面孔来看待不可。脱离自我，大概就能够从真实的束缚解脱出来吧。若是摆出生死由命的态度，真实这个对手也就是无光的幻影。

我以过分乐观的精神不予以计较。之所以指望时间的慈悲而轻视不幸和灾厄，也许是因为下不了决心面对它，也许是渗透浑身的悲哀导致失掉了现实，也许是福薄者的哭诉。但是时间的前进是一种调和，这却是确确实实的。如果忘却过去和埋没生命是调和，那么，想到自身不幸而悲从中来当然也就容易应付了。

如果不想到时间的慈悲，我就不可能把与母亲相依为命的女孩从母亲怀里夺走。

为祖父之死而做可怕的梦所流的眼泪，对于现在的我来说只能认为是幸福的。这大概是因为我对于骨肉之亲的总代表祖父的敬爱之情复苏的缘故吧，是因为祖父之死已是往昔之事而安心的缘故吧。这些固然全是原因，但最直接的还是那种纯真的悲伤。因为是少年的悲痛，所以它是纯真的，因为它是已成过去的悲痛，所以它是纯真的。而且悲痛的起因不会重现，只有悲痛的感情复活，所以它更加纯洁。

梦见祖父，醒了之后留下的主要不是梦中的那些事，而是与此相伴的感情。这可能是梦的共性，我又以为这确实是做祖父之梦的特性，那梦的感情特别强烈的缘故。我似乎无力满怀感情地追寻梦中情节的进展。

梦见祖父的梦中所见的事情，大体上也和一般的梦一样，不合逻辑的多。其次，无稽的、荒诞的也多。这些梦虽然使我回想起少年时代的感情，但是似乎不能想起少年时代发生的事。即使偶尔做了合乎条理的梦，似乎实际上过去也不可能发生那样的事。

祖父的形象极其清晰。也梦见故乡。记忆或者追怀，绝没有力量像梦那样描画得清楚。梦比现实还生动。我总是梦中和祖父相会。祖父这位"演员"和故乡这个舞台，完全像过去一样熟悉，但是戏却不是昔日看过的，大多是荒诞不经的。不过，戏的要点和结尾都是固定不变的：

"不能让祖父死，祖父死了可不行。"

这固定不变的戏不论看多少次，悲痛却是新的。

我只能在梦中看到祖父。逝去的、远离的，全都近在咫尺一般，也只有梦而已。我醒来之后仍然希望抓住残梦中的祖父形象。

梦中的祖父，那形象和真的祖父毫无二致。我得助于梦才这么清晰地回想起祖父，回想起的形象又丰富了梦的内容。对于梦中祖父的感情，大概就是现实中当时的感情吧。即使它在梦中有几分夸张或者纯化，但首先它是不必怀疑的。只不过是梦中出现的事，并非当时的事实再现。是虚构的，或者说是假托的。唯其是梦，理当如此。

不过，由此也不能不多少产生一些疑惑。一些合乎情理的梦，或是梦见当时可能发生的事，却因为想不起来，或者不记得，就说事实并未发生，这种情况也是确实存在的吧？也许是忘记了，也许是以不明确的记忆否定明确的梦。关于祖父的梦中的影像或感情，比清醒时的记忆还确实。由此可见，过去的一切，梦比记忆更准确、更生动。梦是被埋藏起来的记忆。我想，人总是以为对现在，至少是对自己的现实了如指掌。因为这样才能保持生命的安定。这实在是一件虚无而又强大的事。因为现实是时时刻刻的记忆，所以记忆对于自己看错了的、看漏的，粗暴地自我扩张。

由此看来，梦中祖父的影像和感情的确实程度也不能不多少引起怀疑。把它不打折扣地接受下来，也许是因为没有反驳记忆的力量；也许主要不是是否发生过这件事，而是对影像的记忆不够准确；也许感情的记忆更不准确。所以出现于梦中就大吃一惊，从而怀着感激的心情。虽然在梦中出现，但是实际上和祖父与故乡的风貌比较起来，那确实不过是梦而已。特别是梦中故乡的风貌，只是象征。总之，梦中的祖父形象是哀伤的，似乎只是少年时代的悲哀的再现，而且是挥之不去无法丢弃的。

但是，悲凉的影像，可叹的幻象，现在倒是使我得到幸福的净化，而且大可把这看作毋庸置疑的真实。关于祖父的梦也是时间的慈爱和自然的恩宠之一吧。

九

　　有时仿佛坐在月下的旅船上听远处的笛声，大概是悲凉的过去直到现在还拖着一个尾巴。不过，我从孩提时代就没觉得自己天生笨拙，也没有把自己看作悲剧中的人。

　　所谓悲剧，当然不是指事实如何而在于内心如何。所以，感到自己是一个悲剧，也许可以说是骄傲自满到冒犯天人的程度。其次，未必能够以计量感情的方式测出别人的悲苦与自己的悲苦，所以就不能确定自己如何比别人不幸。即使悲苦与不幸大体上类似形与影，但是一进入背阴之处就没有影子。悲苦本身反而往往成为幸福的源泉。我从来没有用不幸这一人为的尺子量过自己。

　　我身上没有发生天才的悲剧，我也不是悲剧的天才。不仅如此，记忆极端不好，有生以来就不喜欢追忆。我差不多完全是个听别人谈回忆的人。与其说不善言辞，倒不如说从来就没有长篇大论地说过话更合适。也缺乏倾听别人谈回忆的精神。一起经历过往事的人，在过去的时光中认识了彼此，不是能够重新造出来的，是生命的确证，是复活，是扩充，甚至是使死者复活，然而我喜欢谈的回忆不少是含有苦味的。对方记得的事自己却忘个一干二净，而且提醒了仍然想不起来，这就等于对对方关心不够，觉得很对不住对方因而感到害臊。或者反而是觉得好像失掉了自我，深感空虚和寂寞。我已经弄丢，别人却帮忙找回来，对于我来说这个自己是什么？意味着什么？当然这是谁都可能有的，直率地接受也未尝不可，但是在我身上特别严重，因此难免疑惧。

但是，人们心目中的我大体上加上了颜色和装饰。我受到微妙眼光的注视，越是刻意琢磨，越是离我甚远，我不能想象这就是我。甚至想都不愿意想。当然，这种情况在谁身上都可能发生。不光与过去有关，现在也交错其中，要建立一个清净的自我，将这一切拂去，反而会导致自我的消失。我从未觉得别人口中的自己与自我符合，总是有一种别人捡到了我的丢失之物，我却想不起这件东西的尴尬。感到即使想要抗议自己被歪曲，也无根无据。也许更像是死后听到自己的传闻吧。这么说也许不吉利，但每时每刻的过去，早已无力辩解，回到了天上。

自己看自己的时候也发现存在这些问题，只是因为是自己的事，不可能记得准确。记忆和追忆既是诗人也是良医。有时完全是为了救助一时或者治疗自己而用到它，这是毫不奇怪的。但是，一旦断定记忆中的自己就是绝对真实的自己，立刻表现踌躇，尚余怀恋，听到自己内心的抗辩，这听起来仿佛是生命的秘密之声。

这不仅和过去有关，在佛所说的时时刻刻从不停顿的生与死之间也是如此，人不到临终的时候不知道真实的自己，那是因为他生命之息尚存。即使想看清一切而追究下去，说不定在什么地方羽化为象征的神苑了。也许因为我的习惯是不想把自己看得太清楚才这么想的。其次，能追究到哪里，那路程的长度，也许能用该人生命的强弱计量出来。小舟行于海岸，大船驶向大海。但是，到达目的地的路程和目的地的距离，究竟如何？不仅这些，已知的自己和未知的自己，很好地融合在一起，本来就是一个，以为知道，实际上等同于不知道，未知的那方将会流到已知的手边。

如此这般，我既没有自视甚高而放弃，也没有胡乱敷衍装作悟道，而是将这看作是一种自然天性：自我是看不到的。这并不是日常厌倦了追问自己的后果，大概是想到自己不知何时会泛起虚舟吧。风平浪静，虚舟也会轻易离开水面飘浮于空中。在那舟上，能听到月下笛声，不能不令人称奇。

就我来说，似乎病态地缺乏感知悲剧与年龄的精神力，常常被不安驱遣。我常常想到，日本没有纯粹的悲剧实体，原因是被悲剧的情趣软化了。不过这也许是生命薄弱的缘故。至少可以说，另一方面可能是自己失去了一切欢喜。不过，悲伤之友月下露珠，一直滋润着昔人的人心，不让痛苦穿透它们。以往累积的沉重负担，在日本似乎也不必由一个人全部承担。逆命运而行当然沉重，在日本，命运一类的立体冰块似乎已经溶化了。

尽管如此，我对于过去自己肩头的承重想得未免过轻，把它只看作天生的罪业。年龄的实感之所以被剥夺，也许就是由此而来的刑罚。这大概也是由于记忆的贫弱吧。我在大多的场合下把笛声和月光气化了，不能把握它们的体积。现在也是时时刻刻的记忆和追忆，声音和光线是所谓最早的艺术，但我从来没有主动打算倚靠过它们。

祖父快要死的时候我正在读藤村诗集，对病人没有多大关心，但是诗集里的富士川的弃儿惹人同情的哭声成为了我的哀鸣。与其说那是悲痛之声，倒不如说它是生命的呼喊更合适。

富士川的弃儿使行旅中的俳谐诗人松尾芭蕉感到的哀痛和弃儿哭泣之哀，当然是大不相同的。也许实际上是毫不相关的。

况且弃儿只有三岁，那孩子甚至连哭声的哀痛尚且不知，那只能算生命的呼喊，是三岁孩子本身还不知道的生命迸发的喊声。所以芭蕉听来是哀痛的。

行旅中的芭蕉没有办法，只好把食物投给他，咏叹道：

"惟天使汝命舛如此！"

这是强而有力的一句话，它只能说明芭蕉悲痛之深。弃儿的哭声中，并没有包括这个孩子命途多舛。

直到现在我们由于芭蕉的悲哀，仿佛还能听到富士川畔的弃儿哭于秋风之中，想起巴山峡谷的哀猿，但是却容易忘记那无名的孩子本身生命的喊声。那声音如果没有在芭蕉心底引起回响，那就不过是一片哀伤而已。

尽管芭蕉的话留到现在，那孩子的生命早就枯竭，芭蕉的话以及芭蕉其人离我们已远，如果不以生命之声来听那弃儿的哭声，就不能说芭蕉在富士川边曾遇见过弃儿吧。

对于弃儿来说，他见到芭蕉并未生出悲哀，但是芭蕉看到弃儿却生出很大的悲哀。悲哀就在芭蕉的内心。

通过芭蕉的哀怜，众人才开始对那无人在意的弃儿给以哀怜。富士川边的弃儿，对于我们来说，现在仍然是芭蕉看到他时的三岁孩子。除此以外这孩子已不复存在。

当然，那孩子是实际存在过的。我曾经想过，这个实际存在过的孩子和延续后世的哀怜没有任何关系，秋风也罢，春风也罢，根本无须计较，只是为三岁孩子单纯的不死之身一哭就够了。于是为此而觉得温情暖人，良心安宁。

我想的也许有些多余，不过，那是因为我的幼年时代是从人们哀怜的目光中过来的。过早地知道什么是哀怜的目光，而今想来，倒也没有什么后悔的，但是它使我回顾自己的过去从而想到，那个富士川边的弃儿是不是因为受到芭蕉的哀怜，所以才不能纵情地哭个够？

我幼年时代不知道有过多少次被别人说"怪可怜的"而吃惊。当别人说我"怪可怜的"的时候，我立刻大为扫兴，沉默不语。与此同时，总觉得憋气，总觉得可耻，总觉得恼火，但是既不能辩解，也无法抗议，所以就把被人看成"怪可怜的"这个我暂时放在哀怜的目光之中，真实的我悄悄地躲到一边去，等待着实在难以挨下去的短暂时间赶快过去。大人哀怜之心的温暖即使孩子也能够理解，但是，它对孩子的心反而投下冷冷的影子。说起来，也许这就是幼年时代的自我分裂的开始。

我努力想做到对于来自别人的同情和怜悯一概不感到厌恶、不去反驳，然而这对于我这年幼的孩子来说简直成了一门功课。还有，从泪眼相视的目光中逃脱出来的习惯刚刚养成，可是不知不觉地居然产生了希望有人泪眼相视的天真想法。不久，连我自己的眼睛也噙着泪。

记忆之一是站在树篱外面的那位老太太的眼睛。祖母去世之后，我们祖孙二人的这个家必须由女人来操持家务。我母亲的异母姐姐，作为外祖母的女儿从我家嫁出去的她守了寡，便到我家来帮忙了。但是没过多久就发生了把我家堆房里的衣服往她女儿家拿了还是没拿的争执，于是这位姨妈就离开了我家。后来又雇了一位老太太，此后也换了几个人，都没有干得长。这些雇用的人进进出出，都是由实代老太太插手经管的。姨妈说，她在我家时就是实代诬赖她才走的。不到十岁的我虽然根本不知道纠纷所在，但是由于实代的中伤而辞工不干的帮佣老太太，据说还是有的。从雇的老太太辞工不干到下一个老太太上工，这期间就由实代接手。后来因为没有找到合适的人，最后就由实代给我家帮忙了，直到祖父去世也是由她送走的。

后来我不时听说实代常常把我家的东西往她自己家拿。但是我对那些东西毫不关心，因为她对我的保育之情是任何闲言碎语都伤害不了的。其次，因为我是孩子，把祖父对人的感情一成不变地接受下来，从而成了我的准则。几乎盲目的孤独老人，看人时失去了宽容，容易激动，容易变化，对于实代的信赖近乎病态，过分依赖，表现了祖父的凄凉寂寞。实代也确实像至亲家人一样尽职尽责，那工作态度绝不是光靠巴结以肥己的心术做得出来的。我得到女人微乎其微的亲切关怀的记忆，就是实代留给我的。

因为和实代的纠纷而离去的姨妈，也给幼年的我留下这样的记忆。十年之后我在东京见到她的时候，姨妈对我的褒爱之情，至亲骨肉般的关怀，一如往昔。对于我这没有兄弟姐妹、又瘦又弱的孩子，几乎所有受雇于我家的老太太都以女性的慈爱对待，她们临走时总是说：

"小少爷，可得结结实实地长大呀。什么事都要听爷爷的话。"

无不边说边牵肠挂肚地看着我。

也有从远远的乡村来看我的老太太。

"小少爷，小少爷！"

这位老太太隔着树篱低声招呼我。

我家北面和西面同邻家的地相连，南面和东面挨着道路，沿道路种上枥树的树篱，这树篱前面的地块东南有个小池塘，池里有鲤鱼，也长着菖蒲。老太太就站在小池塘的近处。

因为是被爷爷打发走的，她不能到里边来，也不能大声招呼我，大概是在外面徘徊等待我出来。天色已经暗了。

老太太把手伸进树篱向我招手。

"小少爷，小少爷！"

我有些犹豫。老太太有些胆怯，我还有些仿佛被她引诱干一件小小的坏事似的很不情愿。因为我想祖父辞退的都不好。不过此时我立刻就知道老太太的善意。当我懂了她是特意来看我的，不由得大吃一惊。

老太太把一个纸包隔着树篱递过来。

"我不要那东西。"

我干脆地拒绝。

我记不得老太太说了些什么，总而言之絮絮叨叨地说的话不外乎这番意思：她很惦记我，特意来看看我。

接过纸包，一摸就知道是烤年糕。年糕好像已经凉了，但是因为她揣在怀里，余温尚存。我不由得热泪盈眶。我隔着枥树的枝叶看到老太太眼泪汪汪。树篱比大人个头儿还高得多呢。

暮色之中隔着树篱的老太太，那形象是寒酸的，活像个讨饭的。当我想到自己受到这么一位老太太怜悯时，觉得自己挺悲惨而浑身略感寒意。幼稚的自傲想要卑视她，而且想尽快躲开，但是那老太太对我的哀怜直率地表达出来，我无法拂逆。

于是幼年的我看到了自己的可怜。

隔着栎树篱笆的眼泪汪汪的老太太那双眼睛，以及隔着篱笆递过来的那白纸包，渗透我全身。老太太的相貌已经想不起来了，但是，唯独那双眼睛却常常浮现在脑际。

暮色苍茫，栎树篱笆又加重了暮色，暮色中老太太那双眼睛又清癯又脏，和她相对而立确实有些凄凉和沉闷，但是渐渐地感到那双眼睛是温暖和真诚的。也就是让人感到某一时刻遇到的善良人的眼睛，甚至感到那是神圣的眼睛。我拂逆那双哀怜我的眼睛，但是我愿意因为那双眼睛而记住哀怜自己。

我们村的习尚是大行其道地营建和其家室并不相应的大门和墙。用栎树做篱笆墙，表明了我家一副穷相。过去我家像故事里那样，十分夸张，有土墙围绕着宅院，祖父拆掉旧宅离村，以更加寒酸的姿态回来建造了临时住宅。没有门，入口朝东，这个家就用树篱围着。我记得这树篱不光是栎树，还夹杂着比它低的光叶石楠，我还记得看见过光叶石楠出了红色的嫩芽。

直到现在，我还从光叶石楠的芽或者嫩叶想起我的孩童时代，不过那栎树篱笆却给我留下了晦暗的印象。夜晚回来的时候，对于自家的树篱常常感到恐怖。自从上了中学以后，养成了每晚必出去玩的毛病。去的地方固定不变，就是弟弟闹赤痢的那家。那时候村里同辈少年都兴出去夜游，我养成这个毛病是因为家里太寂寞的缘故。吃过晚饭我就在家待不住了。

"爷爷，我出去玩一会儿行吗？"

"啊，去吧！"

祖父总是这么说。

去的时候总是走得很快，根本不在乎走夜路。朋友家大门上的小门挂着粗锁链，锁链的一头沉沉地垂下来，一推门铁链响的时候就感到温暖。

但是回来的时候，身后的便门挂上铁链的声音，听起来就像把我和朋友的家隔开了。冰凉的铁链就像在脊梁骨上贴了一下，仿佛立刻看到祖父一个人睡觉的那间屋子，我的心便箭一般地奔向祖父。

出了朋友家门立刻涌上心头的这种凄凉感，使我不仅把有父亲又有兄弟，特别还有母亲的他家和我家做一番比较，而且对于抛下祖父一个人自己出来游荡这件事感到后悔，从而醒悟到实在不该这样。

只有二三百米的距离，可是这归途的夜路却让我害怕。我自身的凄凉感和后悔成了一股魔气，好像和阴森森的深夜一起尾随着我。走到自家的树篱，觉得那些黑黑的成行栎树好像在动，这些树好像要发出声音，我就一口气猛跑。

我边跑边喊祖父，但是到了门口却不敢大声喊了。我悄悄走近床铺。祖父发觉便问：

"好孩子？"

"嗯，刚回来。"

能马上告诉他还算不错。

有时候祖父不能发觉我回来。这时我坐在枕畔看着祖父的面孔。有时候几乎是脸贴脸地看着他。偶尔把耳朵凑近跟前听听呼吸。

那是死人一般凄凉的面孔。连皮下深处显得白皙的皮肤也出现了老人斑，蓬蓬的长长白发拧在一起，顶心已秃的头骨显得很瘦，然而这都是次要的，主要是无可奈何的凄凉，以及抗拒这种凄凉的生命力的消失，好像上苍把他扔在那里不再眷顾的感觉，使我非常难过。睡着了的面孔和溘然长逝的面孔没有区别。

我以几乎要哭出来的心情对他道歉。自己因为难耐寂寞而出去游荡，实在是后悔不迭，我面对祖父深深低头合掌膜拜。这样，也就把自己的寂寞敷衍过去了。

那时候我家就使用方形纸罩座灯。对于眼睛不好的祖父来说，用座灯和煤油玻璃罩子灯没有什么大的区别。不过煤油灯危险。我读书的时候点蜡烛或煤油灯，家里大多使用座灯。我对于座灯也并不觉得不便。

菜籽油里加灯草做的灯芯，外边罩上一个方形纸罩的座灯，有时让我看不清祖父是睡着了还是醒着。即使他似睡不睡迷迷糊糊的时候，也像没有生气的面孔。

我根据祖父这张面孔决然想不起隔着树篱的老太太的那张脸。即使想起来，祖父这张脸也不可能像雇用的老太太那张脸，有什么象征意味。会立刻消失。还有，设法不要想起来。

我看着祖父这张脸，不能立刻睡下。

"爷爷，我刚回来的。"

"是你呀，孩子，回来啦？"

"爷爷，睡着了吗？"

"没有，醒着等你回来哪！"

必须这样弄个清清楚楚我才钻进被窝。带着发下明天绝不出去的誓愿的温情进入梦乡。

但是到了第二天傍晚怎么样呢？

"爷爷，我出去玩一会儿行吗？"

"啊，去吧。"

祖父无表情地这么说。

我倒是反而觉得祖父有些差劲儿。自己也未免过于内疚，以为祖父一点也不理解人，对于孙子的寂寞他当然知道。

起初我甚至从来没想过祖父没有别的骨肉至亲，我这做孙子的从不为这事操心，活着的人活着就是了，所以不记得祖孙二人之家有什么寂寞，夜间出去玩耍的记忆大概就是寂寞的证据吧。

朋友家大门上的小边门铁链把门框磨了多么深的沟，铁链垂下来的一端多重多大，连锈到什么程度，我都记得清清楚楚。朋友的母亲双眼皮圆眼睛，白白的重下巴颏儿，那相貌透着厚道，是本村最漂亮的人物。她从来不下地干庄稼活。她请我坐在熏笼旁，教我下棋。那时我们村的农家妇女就有下棋的。

我也想起过，我不在家时祖父有个好歹怎么办，因而感到不安。然而这一不安反而成了非得出去不可的原因。

祖父去世的夜晚我去了中学。

因为那天晚上举行皇太后入殓大礼，我们必须参加遥拜典礼。如果典礼一完我就回来，祖父不至于我回来之前就死了，所以我就想去一趟，但是无法断定，犹豫不决的时候实代对我说：

"问一问爷爷好。我想不会那么快，能挺到后半夜。"

我坐在祖父的枕边问了他，他出乎意外回答得挺爽快。他说：

"啊，去吧。做国民理所当然的事嘛，去吧。"

我飞快地冲出家门，跑着跑着木屐带子断了。我泄了气似的回来。

"木屐带子断了，不是好兆头。"

"真傻，换一双走吧。"

实代这样鼓舞我。

一里半的夜路我是半走半跑去的。到达时典礼已经开始，校园里烧起一大堆篝火。庄严和哀恸的气氛笼罩全校，我立刻流了泪。我来是对了，这得感谢祖父。

我仍然是跑着回的家，而且出声地念叨：

"爷爷，别死，别死，可别死！"

接着念叨：

"等我回去，等我回去，等我回去！"

我把这些当作号子喊着，提着木屐光着脚跑。因为喊着号子，身体也热了，倒增加了勇气。

"爷爷，我刚回来。"

"孩子，好快呀。挺好，去一趟挺好。"

祖父的舌头不大好使，大颗眼泪淌下来。

十

祖父是后半夜去世的。

白天就断定当天夜间祖父一定过不去这道关，但是病状如何已经想不起来了。甚至祖父的临终状况我也几乎失去记忆。祖父是被痰堵得气闷不通，我只知道这个，他喉部喘息的响声，用手挠胸部的手势，我现在根本想不起来。

那天夜里我记得清楚的只有一个脚凳。大小刚够放上两只脚，做工粗糙的白茬木头的，已经用旧了，不仅黑黑的，而且上面还有点点蜡痕。我之所以把它记得清清楚楚，原因是我曾在它上面点上蜡烛读藤村诗集的缘故。

"说起你呀，可真不怎么样，祖父去世那天晚上，你在他旁边还读书，再不然就上别的房间不出来。"

一年之后我的表姐这么说：

"你是怎么啦？祖父的亲人不就只你一个人吗？别人看起来不大好吧。"

说得我心中若有所动，悲从中来，但是我什么话也没说。祖父痛苦的时刻我不在跟前，实在难为情，没话可说。

祖父逝世后的当天夜里，实代说：

"向来跟佛一样慈善的人，为什么临终的时候那么痛苦？"

她像诉说不平似的这么说。她认为在这个世界上广施慈悲、多积功德的祖父这样的人，就该是：

"极乐世界的佛怎么不来迎接呢。"

她满腔哀怨，说到这里不由得流下泪来。实代说这话之前，我根本没想过祖父临终时比其他人更加痛苦。我只知道祖父的痛苦，从来也没想过和其他人死的时候比较过。因为我觉得，和祖父相处的人之中，实代是最近的了，她这么说，而且为此难过，这份感情感染了我，所以我立刻感到悲痛之至。我一直是和祖父厮守在一起的，似乎我们之间没有什么插进感情的余地。但是，实代的话使我突然想起我和祖父之间有隔阂，因此悲痛难抑，猛然涌上心头。更重的打击是得知祖父临终时的痛苦。既痛心也十分吃惊。我突然感到可耻，真想人们不再谈到祖父。

读诗，离开祖父身旁，这还是我几乎毫不当回事的行为。在一年左右之后，表姐说那番话以前，我没有注意到那些不可想象的事。虽然说是不忍坐视祖父的痛苦所以才那样，但事后想一想，的确那时不过是随心所欲的行为而已。

表姐责难之后，这才知道自己的举动不当，很难为情。如果辩解，就得出祖父的丑。我把两件难为情的事作为秘密保守下来没有说。

现在的我早就不为这两件事难为情了，把这两件事留在记忆中，也不是没有几许疑惑的。我是因为难为情，而且被别人当作耻辱揭发，才记了下来。我因为实代和表姐的话才觉得事情并不寻常，感到羞耻，所以才铭刻肺腑。由此可见，祖父之死以及他死时自己的表现，是因别人的眼睛和别人的口述，我才记忆下来的。我觉得这才必须看作耻辱。

不过，别人说的祖父的形象和我的表现是一种客观存在，我所看到的都是事实。可以说我发现了现实，也可以说因此有了感情。偶然之间因为被人从旁边窥见，所以自己才回头而有所发现。对于祖父之死，我大概找到了心灵的出口。

实代和表姐的话，好像确实是我记忆中的重要部分。如果没有这些，我的记忆一定会更加茫然。那天夜里读诗等事，也许没有留下记忆。至少是追忆时才大概想起两个人的话来。

但是，仅仅想起而已，时至今日，不可能对这类话依然耿耿于怀。听到诽谤而感到耻辱，是出于没有把祖父之死当成过去、仍然视为当前的现实，一个十六七岁少年关乎自尊的羞耻心吧。与其说这些话令人痛苦，倒不如说令人惊愕，对我来说，回想起来更觉得亲切。惊愕固然当场就能消失而不留下什么，但是这里面却没有杂质。

的确是意料之外的话，我立刻吃了一惊。祖父死时的情况和我那时的举动，别人说都不寻常，我这才注意到了。但是被别人指出之前根本没有意识到，这不是更不寻常吗？所以，被人指出之前的我，自己开始注意之前的我，究竟是个什么样的我，我对于这个我倒是很感亲切的。因为那是我行我素式的生命。

但是，说起明确存留于记忆之中的，就只有一个脚凳而已。当天夜里的精神状态确实不记得了。我想相信那些关于祖父的梦。梦是在感情的高峰处破裂，高尚而清丽，但倾向于和悲伤结缘。当夜我的精神上出乎意外地既没有悲痛也没有阴暗的东西，这是我茫然地想起来的。对于祖父之死，我那似乎带有野性的意志力生机勃勃地涌上来。诵读诗集时，好像也在寻求生机盎然的声音。与其说那是因为我不忍卒睹祖父的痛苦，倒不如说那实际上是献给祖父的战斗的声音更准确。

随着日本歌的调子，以及日本音色的声音，我诵读的诗带有哀调，被哀调驱遣，我的眼睑有些痛，不是沉溺于感伤，而是感动达于高峰。诵读藤村和晚翠的诗，未必引起少年的感伤；所谓感动，归根结底不过是感伤而已。那时期，我也诵读《源氏物语》，《源氏物语》的明丽，那感时伤事的明丽，温馨中透出的明丽，十分感人。美好的语言读出声来，是会大大鼓舞少年的心的。

为什么我在祖父临终的地方诵读诗篇，我怎么也想不起，好像根本就没有想"为什么"，而是什么也没想地就那么做了。对于我来说，那是自然的事，我还没有意识到那是不自然。与其说还不知道在场的人们以为奇怪，倒不如说根本没有意识到别人更贴切。一年左右之后，表姐指责我那是不折不扣的奇矫举动，我这才吃了一惊。忍受着来自旁人皱着眉头看我的那份耻辱，我陷入了十六七岁的人常有的自我憎恶。

我不由得想起，如果解释说这和念佛、诵经很相似，那就什么事也没有了，事实上我首先不是注重诗的意义而是重视诵读时的音调，然而这确属不合常识的举动。

在以水润泽死去的祖父嘴唇的人们面前照旧诵诗，也未免过于愚钝，我不能不怀疑是他们记错。也可以想象，我离开那房间跑进隔壁的屋子，也是为了诵读，是为了避开人们的耳目偷着去读。那个时期我常常诵读，我记得在病危的祖父枕畔的诵读就是他临终的那天夜里。本来，家里的人听不见我诵读，充其量不过跟一个人排遣寂寞而自言自语差不多，所以也就用不着到人前去读。但是表姐说我在祖父临终时仍在读诗，从我自来任性的情况来说这也是可能的。

诵诗只是一例。回顾祖父去世之前我和别人大不相同的生活，那例子肯定不少。祖父的娇惯使我自由任性，他因为耳朵眼睛不好对我监管不周，农村的孩子本来就放任成性，再加上只是祖孙二人的生活，等于与世隔绝，所以把我惯得不懂世故。孩子本来需要别人提醒而纠正自己的不正常，我的过去告诉我，关于自己异常的记忆也会消失。我不仅为自己过去的形象吃惊，甚至不相信自己过去的日月曾经是那样的。追想和记忆也被现在的胡思乱想包住了。我虽然把忘却异常的日子当作时间的恩宠，有时也十分珍惜那还在我心底脉动的东西：那对异常一无所知的日子里孩子式的可怕的现实肯定。

（李正伦　译）

东海道

燕　子

植田建吉在担任高级中学国语教师时，曾经写过一本书，名为《日本的旅人》。

该书主要是考察日本古典名著中出现的日本人旅行者的情思，说起来可算是文学史范畴的事儿。

对于历史和地理，植田只不过是门外汉。

然而，古人的旅行也是历史，古人走过的土地也是地理。有关旅行的古老记录并非仅限于名所歌①和纪行文学。

植田的书作也是从考察《古事记》《风土记》入手的，但《古事记》和《风土记》也是作为历史、地理书籍编撰而成的。《平家物语》《太平记》也是历史故事。

因此，植田的《日本的旅人》一书理所当然地超出了文学的范畴，并且大多涉及历史方面的交通史、地理方面的乡土地理。

倘若作为研究，该书无疑显得庞杂而驳乱，植田自身也认为其远非一本可称之为学问的著述，只是他喜欢旅行的天性造就的个人兴趣和爱好的产物。

不过，在内心深处，他相信这是确认自己对日本国土之爱的一种方式。

因为是国文学者，所以，在《日本的旅人》一书中，植田也并未上溯至有史之前。

然而，偶以远古旅人之心，眺望山川，便会实实在在地感受到，日本的风土远比日本的文学古老。

对植田来说，那就是诗，而非考古学、地质学的知识。每每沐浴其中，便对其兴趣渐增。

东京发生大地震那天，强烈的余震连绵不断，上野公园避难的人群中，有人说道：

"哎，你知道吗，听说江之岛随着余震，在海面上一会儿浮起，一会儿下沉呢。"

植田听后，觉得十分有趣，难以忘怀。

事实上，因此次地震，江之岛浮出海面的高度较之以往新增了一米有余。

再者，以前某个时代，江之岛的确曾经一度沉入海里，之后又再次浮出海面。

不仅如此，江之岛变成海岛，原本就是其再次浮出海面之后的事情，沉入海里之前，它与日本本岛相连。江之岛在海平面上露出头来的同时，海水从四面吞噬了它，自此，江之岛便与本岛陆地生生分离。

就这样，直到现在，江之岛和片濑之间仍有泥沙淤积成洲，江

---

① 描写日本风景名胜的和歌。

之岛似乎是想通过此沙洲与本岛陆地连为一体。

毋庸赘言，江之岛并非在人的生命便可以计算的短时间内完成沉降浮升的。与本岛陆地的分分合合，其间经历了数万年的岁月。植田依稀记得自己曾在某处看到过这样的消息：此次地震后，经陆地测量部勘测，富士山的海拔也降低了十多米。

植田时常会向女儿绢子提出一些十分唐突的问题，比如：

"你知道富士山是什么时候形成的吗？"

女儿也已经习惯了父亲如此的习性。

知道父亲此时一定是在思考着某个问题，因此，她的回答也会尽量做到不要扰乱父亲的思绪。

"听说是琵琶湖形成的同时，富士山便出现了，好像是孝灵天皇五年① 吧？一个地方陷落下去，一个地方便膨胀起来。"

说完，绢子笑了笑。

并非现在仍然真的相信这样的传说，而是为了引出父亲的话题，绢子才如此说道。

"这么说来，可以将富士山弄过去，放进琵琶湖试试看，体积和容积或许完全不同吧。"

父亲笑了笑，接着说道：

"富士山形成于冰河时期，到底是几万年前还是几十万年前的事儿，尚不清楚。日本大的火山基本上都是在这一时期形成的。在全盛时代，火山四处大喷火。即便是在海底，火山也是频繁地

_____

① 公元前286年。

72

爆发。"

父亲的话中，省略了海中火山与富士山究竟有着怎样的关系这一最为重要的说明。

富士山周边地区，地质学上称之为御坂层，因为直到御坂山山麓处，都留有曾是骏河湾的痕迹。如今的箱根山、天城山、丹泽山等所在地，当时曾是一片大海。海中，火山频发，喷出物淤积在海底，便形成了御坂层地质。

之后，海底御坂层地盘逐渐隆起，成为如今看到的陆地，富士山也因喷火而高高耸立。

当然，这一切也并非在用人的生命便可计算的短时间内发生的事情。

但是，大地在海中一边喷火，一边爬出海面，然后继续向天上喷火，便造就了富士山。

当时的情景，植田仿佛能一一看见。

他惊异于人的心理作用。

他想对自己的幻想俯伏跪拜。

另一方面，他又感觉到人什么都看不见。

自己头脑中描绘的情景虚幻无常。

植田曾经在旅行地，听说有一棵千年大树，便跑过去看了又看，摸了又摸，看着看着，摸着摸着，泪水滑出眼眶，像断了线的珍珠。

他在头脑中描绘富士出现的情景时，心情与面对千年古树时多少有些相似。

试想，日本人写下的有关东海道旅行的记录尚不及这棵大树古老。

不用说，当富士一带的大地喷着火浮出海面时，东海道或许尚无人行走呢。

东海道本身尚不存在。

东海道大部分是地质学上所说的敷岛隆起时代（二百五十万年前）以后的洪积层和冲积层。

那之前，东海道的铃鹿卡附近，直到现今的关西本线加太隧道一带，还在经受着伊势湾海浪的冲刷。

铃鹿山脉就像是淡路岛。

古老的东山道的不破之关，亦即现今的关原之谷就像是明石海峡。

东海道箱根山一带尚是连接相模滩和骏河湾的一道海峡。

当然，东海道道路旁的海滨或原野尚是海底。

人类本身也还未出现在大地上。

"富士山的形成和人类的诞生，从地质学的时代上讲啊，是属同一个时代哟。"

植田对女儿说道，

"也就是说，地质学的洪积世，相当于人类学的旧石器时代。所谓冰河时代也是出现在洪积世。的的确确，人类的骨头，被埋在洪积世的地层。然而，在洪积世地层之前的第三纪地层，却不曾发现过人类骨头，哪怕是一块碎片。因此，可将人类的诞生看作是在洪积世啦。洪积世即将到来之前，在第三纪即将结束的鲜新世的地层中，也曾发掘出近似于人类的化石，但它似乎尚处在向人类进化的过程之中，还不能称之为人类。"

不过，据今天"人类"的概念来看，洪积世的所谓人类，或许尚属十分遥远的生物。

今天人类的祖先，是在进入全新世新石器时代之后，才出现在大地上的吧。

日本的洪积层至今也尚未发现人类的化石和石器。

较之大地的历史，人类的历史十分的短暂，就像是地球的年龄与人的寿命之间的差距。

所谓全新世，是地质学最后的时代，也即指现世，人类的新石器时代、铁器时代全都被包含其中。

并且人类的有史时代，只不过是全新世极少的一部分。

即便是人类诞生后，较之有史时代，史前时代远为漫长。

当然，植田所从事的国文学，与史前时代毫无关联，更何况与人类以前的地质时代更是相距甚远。然而，他还是偶尔觉得，在自己爱好行旅的心灵深处，有某个遥远的幻梦与它们相通。

人类自石器时代始即被称为大旅行家、流浪者。

更不用说历史上发生的一次又一次民族大迁移。

植田的《日本的旅人》一书，也是从此类民族大迁移写起。

然而，在人类行走在东海道之前，便已以如今的雄伟英姿高高耸立的富士山，植田仿佛也能看见，且能感受到山灵的存在。

科学家们时常就地球为何会出现，为何变成了现今的模样展开调查研究，但植田无法判断他们究竟在多大程度上解明了天地的真相。

不过，乘上科学的翅膀，通过想象，还是可以描绘出人类诞生前大地的景象。因为化石可以复原，所以，对于业已灭绝的动植物的想象，或许也是相当正确的。

植田不是科学家，反倒能一任想象信马由缰。

另一方面，正因为自己不是科学家，所以，有时处于幻想之中，植田会突感惶恐不安，怀疑自己是否做了一个奇怪的梦，犯下了可怕的过错。

"到底为什么——人类总是会禁不住要去探寻地球的由来，甚至试着去测算地球的年龄呢？"

回首过往，此乃人类亘古未变的宿愿。

人类的历史始于创世神话，这便是明证——证明人类想要了解自己的生命和自己生存的地球为什么会诞生的心愿，较之人类的历史更为久远。

人类自有智慧始便是如此，或许，它也使人类更具智慧。

总之，人类精神的历史，并非始于创世神话，在此之前，经历了不可估量的路程才一步步寻觅至此。

植田有时幻想着地质时代和史前时代，突然会纳闷：

"自己到底想着多少年以前的事儿呢？"

"是几千年以前的事儿，还是几百万年以前的事儿？"

比如，通过放射性物质检测地球的年龄是一种新的计算方法，但用此方法得出的答案是：地球的年龄为二十亿至三十亿年，其间有相当大的落差，难以称作是计算。

由此，植田等只觉得所谓一万年前、百万年前，似乎都无多大区别。

"人们在心中究竟对多少年会有实感？"

人的寿命无疑成为其基础，或许也基于各自不同的思维习惯。作为一名国文学者，植田有实感的年限至多为一千五百年至五六千年吧。

然而，为什么石器时代的世界、富士山的诞生、地球的成立等全都如昨日或今天发生的事情一般浮现在眼前呢?

虽说是有些带孩子气的疑问,但植田还是坦诚地认为:

"并非自己一个人在思考,而是自古以来人们内心思虑的积淀,也是人类生命长河在自己身上的体现。"

植田超越了时间这一概念。

植田的幻想既非怪梦,也非过错。创世神话就是之前科学的集成,而今天的科学也不过是往昔神话的延续。

在缘于科学的幻想中,植田也能感受到远古人的心。

从前,神学家曾经根据《圣经·旧约·创世记》中亚当子孙的年龄,推测地球的年龄约为六千年,但遭到了当时地质学者的反驳。神学家不得不将之延长,于是,便创立新的言说,认为《创世记》"天地创造之七日"中的所谓"日",与摩西幻想中的"日"一样,实际上都是表示长久的时光,一"日"相当于七千年,因此,地球的年龄也被改算为五万五千年。

现在想来,面对科学胜利的里程碑,神学家似乎耍了个可怜而又滑稽的小伎俩,当然,那或许只是因为他们迷失了上帝的精神。

摩西幻想中的"日"也被作为诡辩的一种策略来使用。

但是,植田在思考"时间"这一概念时,突然便想起了"摩西幻想之日"这句话,也曾重读了《创世记》至摩西死去的《申命记》。

创世神话的起源可追溯至西历纪元前两千五百年的巴比伦尼亚。从巴比伦尼亚到亚述,经希伯来时代,进入欧洲,再从希腊、拉丁古国到现在,历时四千多年,在被口传、手抄、翻译的过程中,其原话或原文被改写、增删,大多或已无法保留最初的模样。

即便不是远古神话，同样的状况也常见于古典作品，这是植田眼熟能详的风景。

《伊势物语》如此，《平家物语》也是如此。

女儿绢子初读《伊势物语》时，曾跑到植田跟前，将书伸给他看，并说道：

"爸爸、爸爸，'……倭文①麻线团，抽散尚能复缠卷……'不是静御前②的诗吗？出现在这儿呢。"

"嗯。"

"是业平的诗吗？"

"嗯。"

"我一直以为是静御前跳舞时作的诗呢……真没劲啊。'吉野山上路深远，伊人踏雪去未还……'也不是静御前的诗吗？"

"对啊。"

"是谁的诗？"

"《古今集》中有这么一首诗：'吉野山间路深远，伊人踏雪去未还，年年相思年年盼，不见君身现眼前'，是壬生忠岑的诗，与静御前的诗稍有不同……"

"静御前的诗是仿作吧。她可真能偷工取巧啊。"

"偷工取巧？"

看着少女的幻想就此破灭，植田没能笑出来。

由此，植田不禁想道：若是告诉女儿"'……倭文麻线团，抽散尚能复缠卷……'好像也并不是业平的诗，《伊势物语》中的所谓

---

① 日本特有的一种织物。
② 日本传奇英雄源义经之妾。

'昔男'，也有可能并不是业平"，不知女儿会作何感想?

"静御前将原本为'昔日倭文麻线团'的诗句，改写成'倭文倭文麻线团'，由于在日语中，'倭文'与'静'发音相同，'倭文、倭文'重复使用，听起来就像是在呼唤自己的名字，并且'倭文、倭文'的节奏感，不也与舞蹈的韵律感更为合拍吗? 再有，'吉野山'这首诗，前两句与壬生忠岑的诗大致相同，而后两句则将原本为'年年相思年年盼，不见君身现眼前'改成了'两行脚印今犹在，千缕相思绕心间'，这岂不是太有静御前的韵味了吗? 即便是模仿古诗吟咏而成，但能在无数的诗篇中，想到与自己当时的境遇心情极为吻合的一首诗来模仿，也是相当有才智的啦。"

"如此吟咏古诗，似乎也是像静这样的女子的风格和习惯，因此，静没有剽窃之罪。"

植田百般替静辩护，但绢子却并不认同。

植田又取出《吾妻镜》《义经记》等书，将其中"静之舞"一节读给绢子听，即便如此，绢子的幻灭感似乎已难以挽救。

对于少女来讲，这两首诗，归根结底，就应该是静自创的作品。

就此，不能一概简单地归咎于绢子没有学识，其中流淌着"物语"生命的河流。

正是因为赋有这两首诗篇，静的舞姿才会至今也如同电影一般清晰地浮现在眼前。如果没有这两首诗篇，有关静的物语就没有了灵魂，静因这两首诗而获得了新的生命。

相反，这两首诗也正因为是静的吟咏，才会传诵至今，打动人心。倘若不是静的吟咏，这两首诗就不会有灵魂，静让这两首诗获得了新的生命。

《伊势物语》《古今集》中并非能给人留下特别印象的两首诗，因静的改咏而成了千古不灭的悲歌。

可以说，较之《伊势物语》中的昔男、《古今集》中的壬生忠岑，静吟咏这两首歌时的心绪，与这两首歌最为贴切。

《吾妻镜》《义经记》的作者让静在悲剧的舞台上吟咏这两首诗，他们的喜悦自不必说，几百年间，人们将这两首诗视作静的作品，并感动得泪流成河，这河水理应也流进了植田的心里。

人们心中的这条河，也是文学的历史。

这条河的流水，不会因在《伊势物语》和《古今集》中发现了原诗而被截断。

"这两首诗终归还是静御前的诗啦。"

植田在心里如此想道，却不知如何就此向女儿说明，于是，便问道：

"绢子，你为啥会读《伊势物语》这类的书呢？"

"因为我听到爸爸您和客人谈论过'业平东行'的话题啊。"

"是'宇津谷峰'那段吗？"

"在吉野，与义经分别后，静成了被囚之身，同样也是沿着东海道去往镰仓的……小野小町顺着东海道去往京都，正好也是和绢子你差不多大小的年龄吧。"

植田一边说着，一边看着女儿。

"试想当时只有十三四岁的小野小町……"

说起来，正上女子学校一年级的绢子，也是同样的年龄，因此，植田不知不觉便在脑海中，将千百年前的少女与自己的女儿进行比较。

"你想象一下，像绢子一样小小年纪的小町，满怀进宫侍奉的梦想，满怀对都城的憧憬和向往，并前往都城的情景。据说小町是出羽国①的采女，倘若果真如此，小町的上京之旅，岂止需经过漫长的东海道，在此之前，还需走过遥远的山野小径，可谓是充满艰辛的旅程。所谓采女，就是从各地选来的美少女，被召入宫中，去侍奉御膳。但即使是在这些美少女中，小町或许也是最为出色、最为漂亮的一位吧。"

植田说着，又拿出《更级日记》给绢子看。

"这孩子②从上总③到都城，也是在十三岁的时候哟。"

这孩子在较东路④尽头的常陆国⑤还要遥远的偏僻之地上总国，开始对"物语"怀抱憧憬。

"……让人做了一尊与我身高大致相同的药师琉璃如来佛像，我洗手净身，趁人不注意时，悄悄溜进存放佛像的房间，伏身磕头，祈求神灵保佑：'快些让我去到京城，听说那儿有许多的物语书籍，请尽量全都给我看看。'就在我十三岁那年，（父亲结束了上总国长官的任期），正准备回京。九月三日，我们离家出门……"

植田将《更级日记》开头这段文字读给绢子听。

"之后就写到了东海道之旅。你读读便知，这孩子与家人等一行，从上总到京都，竟然花了九十一天。仅看看这天数，或许就能

① 现山形县、秋田县一带。
② 指《更级日记》的作者菅原孝标女。
③ 现千叶县中部。
④ 京都通往关东地区的道路，包括东海道等。
⑤ 现茨城县东北部。

明白，当时的旅行究竟是怎样一个状况。藤原道长全盛时期，紫式部是四十六岁吧，但小野小町从出羽国出发，上到京城，较之早了二百多年。当时，弘法大师五十几岁，业平尚是个婴儿，菅原道真则还未出生；距离桓武天皇时期①和嵯峨天皇时期②多次发动的虾夷远征③，也就十年、二十年左右，因此，陆奥地区④的道路，或许不仅艰难，还会十分危险。小町似乎是在坂上田村麻吕⑤去世三四年后诞生的啦。"

想象十三四岁的小町所走过的遥远旅程，植田甚至很难相信有人所说的"小町是出羽国郡司之女"的观点。她十分可怜，正因为如此，穿着一身旅行服的小町给人的印象才会愈为强烈。

距小町上京城那年正好一百年之后，也是距《更级日记》的作者菅原孝标女上京城那年正好一百年之前，《延喜式》⑥五十卷编成，并敬献给天皇，其《主记》中，明文规定了各地赴京进贡路途所需天数——从上总赴京为三十日，回程为十五日；从出羽赴京为四十七日，回程为二十四日，海路则为五十二日；但因行路难，从实际所需天数来看，此规定几近一纸空文。

然而，就在《延喜式》问世的一百年前和一百年后，各有一位少女沿着东海道，来到了京城。她俩一路前行的身影，仿如平安王

---

① 737—806年。
② 786—842年。
③ 大和朝廷称东北、北部的异端者和少数民族为虾夷，为建立统一的中央政府，曾多次讨伐他们。
④ 日本东北部。
⑤ 758—811年，平安时代武官，曾因讨平陆奥虾夷而被封为征夷大将军。
⑥ 平安时代中期即西元905年，延喜五年，由醍醐天皇命令藤原时平等人编纂的一套律令条文。

朝文化的象征，也曾浮现在植田的脑海。

《更级日记》中所描述的东海道之旅，发生在后一条天皇①时代的宽仁四年②，皇纪③一千六百八十年。

菅原孝标卸任上总国长官一职，一家人打算回到京城。

将要登上准备出发的车辆，十三岁的姑娘回头望着四年间玩耍习惯了的房屋，拉门隔扇也被拆下，胡乱地摆放着，变得空敞的屋子里——

"药师琉璃如来佛像挺立着，想着即将弃它而去，不禁悲从心来，暗自落泪。"

秋天傍晚的雾霭笼罩着四周。

曾经时常避开人们的眼目，偷偷地向药师琉璃如来佛磕头祈愿：

"请让我快些去京城，并让我读遍世上所有的物语。"

而此时，她却要将它抛在身后，不管不顾……

菅原一家九月三日出发，到达京城则是十二月二日。

"还是选择天黑时到达京城吧。"

如此想来，他们便在四点左右离开栗津，果然在傍晚时分，越过了逢坂关址。但在临近逢坂关址之前，眺望山脚下，有一块地方围着临时板墙，板墙内：

"有一尊一丈六尺高的佛像，佛身尚未制作完成，显得十分粗糙，只能看见头像完好。一脸孤寂，远离人烟，甚至连自己身处何

---

① 1008—1036年，日本第68代天皇。
② 1020年。
③ 又称日本皇纪，是日本的一种纪年体。以日本第一代天皇神武天皇的即位元年开始起算，比现行西历早660年。

处也无从知晓的佛啊。"

姑娘心生感叹，转身通过逢坂关址。

二十五年后，日历已翻过十一月二十日，飞雪中，为参拜石山寺，菅原孝标女再次翻越逢坂。此时，关寺已经建成，显得庄严肃穆。见此，她不禁想起自己的少女时代——昔日通过此地，佛身粗糙的佛像，只有脸部露出板墙。当时也是冬天，狂风呼啸。

昔日对物语怀抱憧憬、常常做梦的少女，如今已经变得只愿自己的孩子长大成人，自家能富裕祥和，自己死后能安宁转生，并因此而前来参拜石山寺。

小野小町穷困潦倒、老态龙钟时也曾隐居在关寺。

在能剧《关寺小町》中，小町以百岁的老丑姿态出现，回想自己往日如花似玉的模样。

小町和孝标女都曾到过关寺，从这一点来看，两者也是有可比性的，但在平安宫廷女流文学家中，生平最为明了的是孝标女，而生平最不被人所知的则是小町。

"仅只是活在传说之中的小町……"

植田有时觉得小町存活于人们内心想象中的这种生存方式十分有趣。

孝标女《更级日记》中所描述的东海道之旅，不仅详细记载着旅行出发和到达的日期，途中所住何处，而且还能够让人们通过女主人公那双孩童般纯净的少女的眼，看到当时一路旅行的景象。

然而，小町之旅，只不过是游走在植田的空想之中。

"要是小野小町也写下一本像《更级日记》似的旅行记就好了啊。"

植田对绢子说道。

"倘若再晚出生一百五十年，小町无疑也会写下一本《小野小町日记》啦。即便写不出《枕草子》《源氏物语》这样的作品，或许也会写出带有小町特有韵味的随笔或小说吧。但在小町生活的时代，尚没有人用日本语写文章哟，也没有人认为用日本语写出的东西是文章。所谓文章，指的就是汉文。人们似乎忘记了《万叶集》的存在似的，和歌式微，唐诗繁盛。《敕撰汉诗集》的诗人们，甚至连名字都想模仿唐朝诗人，他们特意削减自己姓名的字数，使得三个字的名字十分流行噢。小町和业平正是出生在这样一个时期，并吟咏出日本新的诗歌呢。之后不久，便迎来了《古今集》的时代，迎来了《源氏物语》的时代哟。小町和业平是民族自觉与王朝文化的先驱者。有人将此两人称为'保皇诗人'；也有人推崇他俩为美男美女的代表——因为他俩导引出了日本式的美——其中或许也包含了后世对他俩所表达的诚挚谢意吧。"

　　萌芽于小町和业平的平安朝文化，其精神实质无疑是"物哀"和"柔美"，但它们并非如世俗所认为的那样，是脆弱无力的代名词。植田想告诉绢子：决定了民族审美意识之一的当时的女性们，是何等坚韧有力。

　　"'大和魂'一词和'大和心'一词可都是在平安时代出现的哟，并且是在女性写的书中。站在民族自觉的立场上，以自己是日本人为傲呢。当然，倘若'大和魂'并未变成内心深处的一种信念，是不可能产生那样的文学的。男人书写用汉文，但因为是女人，所以书写时用假名——并非是那么回事啦，从中可看出她们对男人一味崇拜唐朝文化的嘲笑哟。"

　　说着说着，植田眼前又浮现出小野小町旅行途中那幼小的身影。

这小町就仿如一缕黎明的曙光升上天空一般来到了京城。

"平安朝女流作家中啊，作为美少女，侍奉在宫中的就只小野小町一人哟，其他全都是'老太婆'。"

植田看出少女绢子似乎对此话题最感兴趣，便接着说道：

"尽管传说中她们都是美女，但清少纳言有孩子，供职宫中时已是三十岁左右，因此，她感叹自己已过了女人最好的年华。紫式部也是在与丈夫死别五六年后才进的宫，进宫时同样也是三十岁左右。和泉式部、赤染卫门、伊势大辅等也非年轻女子。说起美少女，对了，还有小式部内侍，她是和泉式部的女儿，这孩子是美少女啦，只可惜红颜薄命，死得很早。她曾写过这么一首诗：'病魔缠身死将至，不知所措心迷离，若问缘何参不透，只因先于父母去。'另外，《更级日记》的作者孝标女进宫供职时也是在三十二岁那年的冬天。"

然而，较之她们的年龄，植田更想说的是：她们都是地方官僚的女儿，或是妻子。

《万叶集》中的大诗人也多为地方官僚，这一点，在他们的诗歌中得到了自然的体现。

但是，平安宫廷女流作家们，作为地方官僚的女儿或妻子，其身份与其在日记或物语中所表达的内容，显得颇为矛盾，至少让人不能不感到疑虑。

植田写过《日本的旅人》一书，因此，也曾觉得这是一个问题。

"地方官僚八方任职，作为其妻女，经常随之四处奔波，但在她们身上，哪里有旅人的血脉和情怀啊？"

植田将宫廷的高级女官们首先也当作旅人来考量，从他所写书稿的性质来看，也是一种必然。

然而，植田似乎也深感力不从心，很难就上述问题找到明确的答案，一如她们的自然观是纤细微妙的一般，此问题也颇为复杂和微妙。

倘若就此下一个结论，认为"没有比她们更为丧失旅人之心的了"，不用说是一件简单的事情，但就像让所有的公卿朝臣，都必须背负招致八百年的霸权以及皇室式微的罪责一样，未免过于草率。

尽管她们极端地憧憬和赞美都市荣华，但植田还是能看到在她们内心深处所隐含的旅人的一面。

"说起来，为什么只有乡下人似的女人们记录下了王朝的富贵荣华呢？"

小野小町、清少纳言、和泉式部等最终都是颠沛流离，落魄潦倒，不知去向，难道仅仅只是因为她们多情奔放吗？

她们似乎都是被藤原氏赶出了宫廷，这一点自不待言，但她们也是为了虚幻的美而燃烧了自身的"乡下人"。

倘若不是永远的旅人，就不会有如此的热情。这是被自己的憧憬所欺骗的诗人的行为。

植田的眼前再次浮现出小町十三岁的身影，她正一步一步走向京城。

据说后世有人将小町、和泉式部等人的一生编成故事，一边宣讲，一边遍历日本的山山水水。或许可以说，小町、和泉式部等又回到了旅途。

她们的坟墓分布在全国各地，或许可以说，她们又回到了乡土。

紫式部能够保全自身，写完源氏五十四帖，毋宁说是因为她对书中所描绘、讴歌的周边生活，有着强烈而大胆的反叛意志。

《蜻蛉日记》的道纲母用她那冷澈的双眼凝视女人的命运。

《源氏物语》《蜻蛉日记》《更级日记》全都写满了人生的旅愁。

就这样，她们发现、创造的日本美，一直支配着后世旅人的心，也给山野编织上了一层"传统"的纱縠。

"王朝的女官们，也是日本的旅人。"

——植田终于能如此看待她们。

小野小町沿着东海道进京时，正是国风文化的黎明时期。

孝标女沿着东海道进京时，国风文化巅峰已过，开始走向衰退。

可以说，王朝女性文学始于小町，终于孝标女。

小野小町生殁、享年、出身、经历全都不甚明了。

"从当时的文献资料中，根本找不到小町是美人的确切证据啦。"

——倘若告诉绢子他们这一切，他们或许会感到困惑吧。但不管怎样，小町是六歌仙中唯一的一位女性，是与业平齐名的天才诗人。或许也可以认为，正是小町，较业平更早咏出了"古今新调"。

业平似乎比小町年岁要小，却先于小町离开人世。

传说小町的骷髅被扔在陆奥的原野，从骷髅的眼窝中，长出一株狗尾草，风吹草动发出声响，偶然从旁边路过的业平，仿佛听见有人在低声吟唱：

> 每当秋风吹过时，顿觉眼窝阵阵疼。

于是，业平便随之添诗两句。显然，这样的传说将小町和业平的生死先后顺序搞颠倒了。

在石上寺，小町与遍昭曾互赠和歌，当时，两人似乎都是三十六七岁。

遍昭有一首歌咏五节舞舞姬的诗：

天上风儿一束束，吹拢云彩堵天路。

莫让天女回天宫，多留人间翩翩舞。

这位僧正遍昭曾在仁明天皇驾崩时放声恸哭，"不忍再看毫无变化的人间俗世"，"习惯于夜以继日地侍奉君主，不曾与世人交流，对人间社会并无留恋"，因此，未曾告知家人，他便出家做了和尚。

据说仁明天皇还是小皇子时，小町也作为采女侍奉于其近旁，从十四岁到十九岁，可谓是少女的花季岁月。

文屋康秀任三河掾吏时，曾邀请小町到乡下走走看看，小町赋诗答道：

穷途潦倒孤寂身，宛如岸边一浮萍。

若有河水来相邀，心甘情愿随之行。

当时，两人好像都是六十岁左右。

能剧《草子洗小町》中，被塑造成阴险、狡诈、滑稽之人的大友黑主是近江的名家。

喜撰法师隐居宇治山。

就这样，六歌仙所有的人要么孤忠，要么不遇，要么遁世，从他们的诗歌中，并非不能找见对藤原氏怀抱悲愤的痕迹。

业平的哥哥行平也是地方官员，业平五十六岁，也即离开人世两年前，终于成为相模守——相模国最高官员。业平的父亲是平城天皇的皇子，母亲是桓武天皇的皇女，遍昭相当于业平的表弟。

将六歌仙视作《古今集》诗人的前辈、曾写出《土佐日记》的纪贯之也是地方官员。

小町当时憧憬京城，是因为有一颗崇敬、仰慕宫廷生活的心，这位陆奥的少女，或许就是这般格外地纯洁。然而，无论是小町，还是孝标女，怀揣梦想，踏上东海道，毋宁说是一件残酷而又令人怜悯的事。

"《更级日记》是孝标女五十一岁，死了丈夫后，回顾自己一生而写的自传哟。"

植田对绢子说道，

"在它之前，有一本名叫《蜻蛉日记》的自传，是《更级日记》作者的姨妈写的啦。

"写作《蜻蛉日记》的这位姨妈被称作'本朝古今三大美人之一'呢，长得漂亮，贞洁贤淑，还是一位著名的诗人。"

这位道纲母作为藤原兼家妻妾中的一员，为女人的爱和嫉妒所烦恼，从而写下了《蜻蛉日记》。植田还不想让绢子读这样一本书，况且较之《更级日记》，此书相当难懂。

然而，《蜻蛉日记》中，有着纯朴而又幽远的思慕之情，从中，植田总觉得像是能听见牧歌似的。道纲母的父亲也是地方官员。与孝标同样，曾做过上总国和常陆国的国司。女儿在《蜻蛉日记》中，曾目送父亲作为陆奥守到小町的出生地任职。

"孝标女曾经是那么地迷恋物语，因此，她自己似乎也写过一些小说，并留下了《夜半醒来》《滨松中纳言物语》两部小说作品，但因被《源氏物语》弄得神魂颠倒，头晕目眩，以致写出来的小说，都仅只像是《源氏物语》的影子。不过，《更级日记》不错，或许是模仿了她姨妈的《蜻蛉日记》吧。此姨妈是她亲生母亲的姐姐，与她血脉相连。而与她一起去上总的是她继母，继母的叔叔与紫式部的女儿结了婚，因此，她与紫式部也算是亲戚关系。

"不仅母亲、继母与文学有着不解之缘，孝标女的父亲孝标还是菅原道真第五代玄孙，代代均为大学校长或文学教授。孝标女便是这么一个以文学为朝廷服务的世家的女儿啦。"

"道真以来的血，在《更级日记》中开出了一朵花，古往今来，文学艺术都不是一代人所能成就的。"植田本想对绢子说出自己内心的感受，突然却闭上了嘴。

因为植田并不希望自己十三岁的女儿像小町、孝标女那样去到京城。

据说小野小町可能也是出身于文学艺术世家，其家族中，曾经出现过书法家小野道风、文学家小野篁等。

无论是小町，还是孝标女，漫长的家族血统的梦想，诞生出了爱做梦的少女，尽管梦想一次又一次破灭，但依然开出了梦一样的花朵，最终如梦一般消失，不知所向。

并且那也是因为她们偶然生逢一个花一样的王朝。

倘若小町再早出生五十年，"或许也能留下一首作者不详的诗歌？"

孝标女已经身处薄暮之中。

之后，直到镰仓室町时代，宫廷的女官们已是西天最后的一抹轻柔的夕阳余晖。

尽管统称为"王朝之女"，但小町、道纲母、孝标女所处时代的差异性就像是伤痕一般，刻印在她们的作品之中。

小町和孝标女可谓是在日本文学中发现了梦的人。她们或许分别是平安浪漫精神的序曲和终曲。

小町有很多写梦的诗歌。

昏昏沉沉睡意浓，相思人儿现梦中。

明知梦是虚幻境，却期凭此与君逢。

《更级日记》中写有十一个梦，其中甚至有九个梦就是作者自己的梦。其年轻时便永别了人世的姐姐，也是一位喜爱幻想的女子，她曾在农历九月十三日晚上，全神贯注地望着明月照耀着的天空①，对妹妹说道：

"此时此刻，倘若我飞身一跃，消失在茫茫夜空，你会作何感想？"

刚刚抵达京城，一切尚未落定，孝标女便死乞白赖地缠着母亲说道：

"快找来物语给我看吧！快找来物语给我看吧！"

翌年春，从姨妈处得到了一套《源氏物语》，孝标女便"从第一帖开始读起，也不与人搭话，躺在幔帐中，一帖一帖地读，喜悦的心情就连坐上皇后的宝座也无法媲比。白天一整天自不必说，晚上

---

① 据说日本农历九月十三日赏月的习惯始于公元919年。

只要醒着，也会点灯凑近阅读。除此之外，其他什么也不干。自然而然，书中的文句也就烂熟于心，浮现于脑海。想来，这真是一件美好而又了不起的事儿。"

然而，一位身着黄色袈裟、圣洁俊秀的僧人出现在梦中，并告诫道：

"快去读读《华法经》第五卷吧。"

孝标女对此充耳不闻，脑中满是《源氏物语》，心想：尽管我现在不漂亮，但等我长大成人，头发变长，"或许也会出落得像光源氏所爱的夕颜、宇治大将所爱的恋人浮舟那般吧"。

九百年前，这位"文学少女"年仅十四岁，便将夕颜、浮舟当作了自己理想的偶像，既非贵宫，也非紫之上。

另外，东海道之旅，在足柄山，看到一位歌妓似的女子，这位十三岁的少女觉得她可怜，便流下了同情的眼泪。四十年后，在《更级日记》中，作者一一回忆起当时的情景，如实地写道：

"就连慢慢通向山里的山麓一带，也无法看清楚天空的模样。树木密集茂盛得难以言表，简直令人毛骨悚然。晚上，露宿山脚下，没有月亮，漆黑一片，感到茫然失措。此时，不知从何处走出三位歌妓，一位五十岁左右，一位约莫二十岁，一位看似十四五岁。我们招呼她们在临时小屋前撑起伞，在伞下落座。男人们生起火，一看，二十来岁的歌妓似乎是从前一位叫'小幡'的知名艺妓的孙女。她的头发长长的，漂亮的刘海垂挂在脸上，皮肤白皙，容貌俏丽。……竟用不可方物的声音，轻妙、娴熟地唱起歌来，歌声空旷灵动。"

然后，又像影子一般，渐渐消失于暗黑的山中。

孝标女在日记中多次写到这样的歌女。此乃世纪末似的标志。

小野小町也曾咏过这样一首诗：

> 本觉枯竭已无情，一句可人仍动心。
> 缘何难断红尘念，湖水欲平风不静。

小町的梦尚是梦着现实，换言之，小町是一位活在梦中的人。

然而，孝标女的梦则是梦着物语世界的梦，换言之，孝标女是一位梦着梦的人。

只有道纲母和孝标女五十岁之后能写出自叙传，这正是两人人品的体现——作为妻子、作为母亲，她们踏踏实实、真真切切地活过。不过，在《更级日记》中，没有《蜻蛉日记》似的痛苦和挣扎。

孝标女终生都在梦幻之中，远离现实，因此，反倒没有人像她这般度过现实的人生。

看似奇妙，也是理所当然的事。

《更级日记》所描述的最后的一个梦是：四十八岁秋天的一个夜晚，孝标女梦见弥陀来迎。

孝标女清晰地标明了这晚的日期："天喜三年十月十三日夜"。她将此梦作为来世的依托。

此时她已经想到了死后的事儿，并凭吊业已逝去的少女时代梦一般的岁月。她对未来的信心依旧是梦幻式的。曾经对光源氏的世界满怀憧憬的少女，如今似乎对弥陀净土有着同样的期盼。

反正一生中，她总是不断地幻想着未来，忘却现实。同时，她也是一位幻想过去的人。

《更级日记》流淌着回忆的美；其文体似乎就是通过反省过去，反倒使过去的如烟往事，像梦一般栩栩如生地跃然纸上。

孝标女未能看到《枕草子》等所咏赞的眼前一日又一日的荣华。

这位十三岁的少女憧憬物语之都，可来到物语之都后才发现，物语鲜花盛开的时期已过，开始呈现出一派凋落景象，昔日舞台上聚光灯下的主角被赶到了舞台的一角。

孝标女尽管也出生在后一条天皇统治期间，但却距宫廷女流文学全盛期晚了三五十年。她二十岁那年，藤原道长与世长辞，享年六十二岁。

然而，孝标女即便是生逢其时，从她的人品来看，也不会在宫廷中与人竞显才华。

幼时，憧憬宫廷的物语；年长后，憧憬记忆中的宫廷往事——她或许依然是最合适的角儿。

小町、孝标女，或者是道纲母，全都有些生不逢时，所以，未能写出《枕草子》《源氏物语》，她们的和歌也不及和泉式部。如此想来，植田似乎都要对她们表示迂腐而不切实际的同情，对自己的浅薄感到吃惊。

"人们无法选择各自生存的时代。"

如果首先自己对此不能有强烈清醒的认识，即便作为以过去为研究对象的文学史家，面对问题，也会眼花心浮，这是不言自喻的事情。

为了让孩子早些明白这一道理，刚才，植田又一次说了自己的这一观点，但这确是十分危险的话题。

"《更级日记》《伊势物语》，绢子你说也都读过了，不错。但在此之前，你必须对历史有充分的了解。要不然的话，会严重误解平安时代哟。"

植田补充说道。不过，回想自己的少年时代，这一要求对孩子来说未免也太难。倒不如说：

"绢子，你小的时候啊，妈妈为哄你睡觉，给你哼唱过许多日本的摇篮曲，也曾朗读过《更级日记》给你听呢。"

或许这样更能引起绢子的兴致。

"意思不明白也不要紧，发出声音读着试试看。不出声读书什么的，好像也就始于近世吧。"

植田突然想起：正是从绢子现在这么大年龄开始，自己便拿着一本旧书，去到河堤等处大声朗读。但他没有将此事告诉女儿。

"难不成打算让女儿重复自己曾经做过的事情？"

一不留神掉进了陷阱似的，植田内心感到不爽。

植田常常想道：那么不像小孩子该做的事情，结果，决定了自己的人生。然而，此时，他却说漏了嘴，脱口而出，让女儿也那么试试看。

植田并不后悔自己的过去，但要女儿踏上与他相同的道路，不用说，总觉得有一丝苦涩难以下咽。

他已经记不清楚为何养成了放声读书的习惯？或许是因为平安王朝的古典还有《万叶集》，其内容只能懵懵懂懂地明白一点点，所以才开始读出声来。

二十多岁时，植田感觉那段回忆中，有日本言灵① 悄然而过，似

———————

① 日本语言内在的神灵。

96

乎是在暗示他命中注定将来会成为神秘的诗人，为此，他还曾洋洋得意，自我陶醉。

当时，少年的他事实上的确是一边放声诵咏古书，一边陷入心醉神迷的境地。或许因为不懂古书的内容，反倒自然地听着国语的声调。

并未感觉到自己不懂，少年的恋慕和感伤因此而得到了相当的满足。

与其说是读着古典，不如说是将古典当作自创的抒情歌一般，吟唱着古老的旋律。

至今，植田依然觉得少年时的读书声，就像是摇篮曲，令人怀念，让人难忘。

有时也促使他反省："或许还是那个时候更为纯粹地读过古典。"

植田没能成为诗人，而是成为了一名国语教师，年少时的诵读终究没有白费。

他总能听见日本文学古典的音调。

作为当今的一名国文学者，能真心地感受到古典大多为人们用心所咏、口头所传、放声所读之物，这也是一件十分幸福的事情。

并非植田认为"文章就应该诵读"。

正如现今在老人和孩子中也仍然留有诵读的习惯一般，从诵读到默读走过了漫长的历史过程。默读成为一种普遍的现象，大致始于明治时代，时日尚浅，所以，植田认为真正适合默读的文章，目前还未诞生。尚未充分领悟到默读的美感、深度和广度，新文明的暴风雨所带来的国语的混乱和膨胀便一直延续至今。植田觉得，在默读盛行的环境中，诵读的历史和传统也能得以保存和发扬的那一天，仍未到来。

植田没能成为诗人，其原因之一，便是觉得在当时的状况下，自己没有创导新的国语的能力。

"《万叶集》《源氏物语》所用的差不多都是当时的口语哟。"

植田向绢子灌输道。之后，他还想给她讲授用古老言语吟咏、书写而成的日本人的心路历程。

植田出身于东海道旁一传统世家，家里藏有大量古书，因此，在学记假名时，连古时的变体假名也一同记入脑中。

他少年时代诵读过的书中，便有用变体假名写就的线装书，没怎么买过加注的当下的书。

不用说，因为是孩子，他也喜欢铅字书，粗暴对待过线装书，但随着年龄的增长，当时曾经连看也不看的汉文古籍，开始对他的研究有所帮助，他才感觉到家中流传下来的书中，似乎有"家灵"一样的东西存在。

古时的人们能够弄到手的书必定读过。即便是看着书中的红点和批注，也能确切地感受到：那是某位先祖心灵的痕迹。

植田尚是大学生时，东北地区有一大财主，曾以整理家传古书为条件，拜托教授帮忙斡旋找一位养子。总之，他家好像古书多得不行。虽说没有人愿意去，但毕竟这是一件十分稀奇的事情，所以，在学生中风传，以致将大财主的女儿，说成有些带传奇色彩的大美人儿。

既非古社寺，也非公卿大名，却能拥有如此大量的古书，且在地方处于半隐蔽的状态，像这样的大财主，植田后来了解到还有好几家。

且不说植田家远非那样的大财主，他身为专业教师，甚至以此头衔出版过专著，仅只无名先祖读过的书，也还未予整理。为此，他常常感到无地自容。

但另一方面，有时自己读着先祖的手泽本，他又觉得像是先祖流淌至今的血脉与先祖的魂灵一道读着似的。

他激励自己："或许有一天，植田家的血统也会开花结果。"

较之小野家和菅原家，植田家只不过是一根野草。小野家和菅原家文学艺术的血统今天似乎已不知所向，但并非灭迹消亡，而是在山野流淌。

"小町和孝标女既活在我的心中，也活在绢子的心中。"植田想道。

倘若由此类推至高的魂灵，不甚惶恐，作为日本人崇敬、仰慕皇统也是一件自然的事情。

植田家留有在废纸反面写就的有关东海道的记录。

植田在奶奶的膝上听过的、睡觉前妈妈讲过的大多是东海道的故事。在孩提时代，他还曾目睹昔日东海道特有的四处游走的小商小贩、江湖艺人。

东海道哺育了植田幼小的心灵。古往今来沿着东海道去往京都或是东京的人们的身影，时常浮现在年幼的植田那充满幻想的脑海。

开始读文学、历史著作后，他总会念叨：

"此人也走过东海道，那人也走过东海道。"

一种亲切感油然而生。中学四年级的时候，他试着为曾经走过东海道的人们制作了一张年表。

植田在《日本的旅人》一书的卷末添附了《东海道交通年表》，也算是对自己少年时代的追忆和怀念。

《万叶集》中有这样一首诗：

春捣稻谷手皲裂，不禁思君心切切。

但愿少爷今晚来，捧吾小手怀中掖。

这一类称之为"东歌"①的诗，曾经深深勾起过少年植田的感伤。

而看过以下的这首诗之后，少年植田更是想象着万叶诗人行旅时的情景，并前往诗中所描述的"手儿之呼坂"②感受和体验。

东路手儿之呼坂，坡陡一时逾越难。

天黑四周无居所，无奈栖身孤野山。

上小学时的绢子一点也不像父亲，植田曾经说道：

"我们家的绢子'内心强大'，将来可以依靠哟。整天快快活活的，完全不知愁滋味呢。"

妈妈反驳道：

"孩子，都那样啦。"

"会吗？我们就不曾那样。绢子完全不看书的。"

"早晚会看的。"

"呀，这样也挺好的，我也轻松省事呢。不过，因为是女孩子，

---

① 古时日本东部地区的民谣。
② 现静冈市骏河区北丸子1丁目。

100

所以，还是希望她能够有一颗温柔和善的同情体谅他人之心。但看她现在这样子，似乎很难培养出像那些可以写成书的独自的感情啦。"

"说什么呢，爸爸到底还是不懂孩子是怎么回事啊。"

植田被妻子回呛得不再言语。

即便不爱读书，绢子读解课的成绩也不错，但作文课的成绩却很差。她不太害怕虫蛇。许多学生来家里玩，有的取悦她，有的则逗弄她，但她不理不睬。由于她太过冷酷，植田便试探性地问她道：

"来我们家玩耍的学生中，你喜欢谁啊？"

绢子一脸严肃：

"谁？谁……"

想了想，却没有回答。植田不由得乐不可支。

看似没有什么明显的擅长和爱好，但从四年级升到五年级的那年春天，绢子被带去爬山，她对树木野草的名字十分了解，以至于植田吃惊不小。听班主任老师说喜欢植物，虽说尽是一些很不起眼的小树木，但绢子却停下脚步说"小树芽儿真可爱啊"，一边将脸一一凑近身边的四五种小树芽，一边向班主任老师等人详细说明。植田听得入了迷，为了仔细看看清楚，便伸手想要去折来一根小树枝，对此，绢子很是生气。

回家后，植田马上去给绢子买了本植物图鉴。但绢子却并非如植田所期待的那般对植物痴迷不已，偶尔她也会采来花草，与图鉴中的彩色照片进行核对。即便如此，只要植田不问她，她从不主动谈起植物的话题。

上五年级那年的暑假，绢子去海边度过了二十天左右。当时，植田不想游泳，三四天后，绢子的母亲觉得绢子一个人也能去海边玩，自己也怕热，便待在旅馆里闭门不出。植田一直以为绢子也就只会在浅水区玩玩，不料有一天去海边一看，绢子竟然在海面上游出去很远，植田不觉吓出一身冷汗。虽说马上看见自己的学生有三人游在绢子的身边，然而，就算如此，植田依然心跳加速，频频向绢子等人招手。绢子上得岸来，嘴唇有些苍白。

"绢子，你能游那么远吗？"

"能游。不过，要是游累了，哥哥姐姐们也可以托着我游啊，不费力啦。"

"不是很危险吗？"

"嗯……有三位游泳达人嘛。"

或许因为是假期，早晨懒觉睡得太多，一个闷热难耐的晚上，绢子十分罕见地难以入眠，便躺在床上，聊起昨晚做的梦。那是小孩子们常做的梦——被可怕的人追着、跑着，最后，被抓住。但绢子顺着复杂冗长的情节娓娓道来，然后，说道：

"希望今晚也能做个梦。"

她拍打了下枕头。

"我非常喜欢梦，最好是做可怕的、有趣的、长——长的梦，比糖果点心的梦好。"

半是自言自语的绢子，其声音里，有一种平时不曾有过的甜美的哭腔。

植田稍作沉默后说道：

"别做梦，好好睡觉吧。"

"不，要做的。"

"别做梦，好好睡觉。"

"还是做梦好么。好想很快就做梦，可梦不是睡下马上就能做的哎。"

绢子的梦就要开始了吧——植田心想。

植田一边等着绢子入睡，一边说道：

"假期中同样也应该早起啊。"

"谁说不是呢。"

妻子芳子也附和道，但她似乎已是睡眼蒙眬。

绢子讲着长长的梦，讲着讲着便进入了半梦半醒的状态。之后，即将熟睡的她，就像是撒娇似的紧贴着母亲而眠。

绢子那略带哭腔的声音，或许也让母亲听起来会觉得她始终都还是婴孩。

然而，平时，绢子睡觉的时候，植田大多是在书房，由于分处不同的房间，也不曾在同一蚊帐中睡过，所以，此次来到旅馆，看到绢子母女俩依偎着睡在一起，就像一个人似的，植田不免觉得有些新鲜和奇怪。

由此，植田不禁感到：认为自己的子女始终都是婴孩，实际上，却一直守在他们身边、看着他们成长的毕竟还是母亲。

也就一个孩子，因此，听说直到现在，绢子还是一边睡觉，一边寻摸母亲的乳房。

不过，正如母亲所言，绢子进入女子学校后，突然便开始喜欢上了读书。

植田对女儿的突变感到有些不安。

"对了，像你那样，凡事都将孩子当成空想的种子，可算不上是合格的父亲啊。"

植田又一次遭受到了芳子的责备。

"按自己的空想抚育孩子，总有一天会招致头破血流的后果哟。"

此话刺到了植田的痛处。

然而，接着，芳子却说道："反正女孩子也就是在出嫁、生孩子之前，喜欢读读书什么的而已。"语气中好像略带轻蔑，植田听起来，总觉得有点不对劲，于是便说道：

"每次一说起绢子的事，你就像是母鸡护雏似的，总做老好人，实际上并非真正为她好啦。教育孩子，都说常识最重要，其实不然，判断力才是最重要的。"

"要说也是，女孩子在成年之前，能有位像样的父亲，让她看到各色各样的梦，当然是一件好事，否则，倒是挺可怜的呢……不过，我们家的绢子，真的很健康，所以啊，无论什么，就让她做自己喜欢做的事吧，行吗，啊？"

芳子颇为暧昧地做出了些让步，听口气，好像多少有些想起自己结婚前后的那段时光。

就这样，绢子整天对父母也是爱理不理的，读书的欲望与日俱增，仿佛就像是充满野性、肆意喷涌的泉眼。

绢子诘问静御前"舞之歌"并非自创，其劲头无疑也是少女身心健康的体现。

绢子在《伊势物语》中看到"……倭文麻线团，抽散尚能复缠卷……"的诗句，满以为发现了静诗的致命伤，并且内心多少有些骄傲和得意。然而，认为静诗模仿的对象就是业平的这首诗，未免太过天真和武断，其实，早在《古今集》中，便有如下一首诗：

昔日倭文麻线团,光彩各异竞争艳。

如今色褪若人生，贵贱难耐岁月残。

因此，静诗也有可能模仿的是这一首诗。但植田无意将话题扯那么远。

《伊势物语》中有一组"初恋赠答诗"。

男方写道：

两小无猜井边站，试比身高未及栏。
久未见君今五尺，谁人信守当年言？

女方答道：

青梅竹马两相望，争比头发谁更长。
如今青丝已过肩，挽髻非君何人当？

绢子也曾经看过梅若万三郎主演的能剧《井栏》，或许先于《伊势物语》，在《井栏》中她便知晓了这组赠答诗。但这组赠答诗，同样亦非业平原作。自古以来，人们就普遍认为它们是源于《万叶集》中三方沙弥和园臣生女羽的赠答诗。

理所当然，《伊势物语》中赠诗的所谓"男方"，也并不是业平。

然而，绢子所读的《伊势物语》，为植田执教的学校所用的教科书，其中未附注释。

对绢子来说，有相当难度，不过，即便不懂也依然闷头往下读，这也是孩子读书的方法之一，并且，考证会丧失"物语"对孩子们的吸引力，静御前便是最好的例证。

《伊势物语》是业平的作品，因此，将其中的诗歌、故事也全都当成业平的所作所为，或许这样对绢子更为合适。

要说，阅读《伊势物语》时，绢子脑中浮现的是在原业平这一性格鲜明的个体；而植田想到的却是与业平同类的群体，或是塑造业平这一人物形象的人们内心奔涌的万千思绪。

两人对作品的解读看似不同，但归根结底，在植田看来，业平是一位象征性的人物，而试图将业平视作个体的绢子，当然也是一位象征性的人物。他们两人都分别代表许许多多的读者。在这一点上，两者完全相同。

因此，植田想道：

"不能光说自己的读解就深刻，首先，孩子的读解就显得更为明确而健康。"

《伊势物语》中"业平东行"的故事，对于绢子来说，或许仅仅只是业平曾经往东走过。

对于植田来说，尽管已无从考证，但业平是否东行，并非什么了不起的问题，重要的是后世的旅人们，怀着虔诚崇敬的心情，沿着东海道，一路寻访业平曾经留下过诗句的名胜古迹。

并且，较之旅人业平的身影，在他们脑中浮现的倒是业平旅行时曾经走过的大地的情景。

植田生于东海道边，长于东海道边，他对业平诗句的寻访，既是对故土的怀念，也是对国土的眷恋。

植田有时也想：即便是以"无名氏"的名义，能够留下一首写东海道的诗也是不错啦。

《古今集》中"倭文麻线团"的诗，便是"无名氏"之作。

被引入《伊势物语》后，它就更成了"无名氏"之作了，颇具民谣风格。

倘若像许许多多的人也曾经吟咏过一般，静吟咏了此首诗，不仅不能称之为剽窃，反倒反映了往昔人们高雅的情趣，或许这正是该诗富有生命力的标志。

《伊势物语》中的这首诗，完全没有作者作为个体的个性化词句。

就此，该如何向绢子说明为好，植田很是犹豫。

"之所以有关业平和小町的传说特别多，就是因为他俩的生平不甚明了啦。或许不写像《蜻蛉日记》《更级日记》这样的自叙传反倒更好呢。"

"即便是在绢子的朋友圈中，女同学没有不知道小野小町的吧，但知道道纲母和孝标女的不就很少了么？"

"不能因此就说小町的诗比《更级日记》更好吧？"

是物语的力量，传说的力量。也就是说应该归功于许许多多的人心与心的相互碰撞。

单就《伊势物语》来看，其作者并非只是一人。

其中，或许有业平自身写下的以和歌为中心的短篇故事；或许另有作者在业平的基础上，进行了二次创作；抑或后来又有多人进行过修改加工。总之，作品中的许多和歌和故事，并非业平本人原创。

《伊势物语》的形成过程，让人想起古代说话文学的孕育和成长。古代文学的如此情状，植田既熟悉，又难忘。

由此看来，静也应可以被视为"……倭文麻线团，抽散尚能复缠卷……"一诗的作者之一。

如果从大的方面考虑，纵令《圣经》的《旧约》与《新约》成立，或许也与较之篇幅短小的《伊势物语》类似。

《创世记》通过容易出错的人的口头转述和文字传承了四千多年，现今的版本与最初的原形相比较，发生了相当大的变化。因此，科学家们便说，在这一点上，口传和文字远不如原始不变的岩石之书那般可靠。所谓"岩石之书"，是指地质学上的地层和化石等，在它们上面，不会有人为的添加和改动。几千年、几亿年前，大自然留下的痕迹，如今依然能够原原本本地呈现在大地上。

《创世记》时期的人们，不知道可以读解"岩石之书"，即便是想读也无法读懂。近代科学家则大多能读懂了。

然而，植田等认为自己或许仍然只能一脸茫然地望着"岩石之书"，对"人间之书"的解读也尚未完全究明。

恐怕《创世记》中，还有许许多多的真理，留待后人发现。

不仅如此，人们往往还会将"岩石之书"与"人间之书"朦胧重叠，肆意解读。

"甚至有神话小说作家将业平塑造成耶稣教的大传道士，让他远行至波斯、埃及。"

——植田想起了木村鹰太郎的《业平秘史》。

"人间之书"之所以在人们的心中被改写，被添加，毋宁说有其内在的原因。

这样的状况已经不再发生，可以说是近代的不幸。倘若认为自己的存在，可以延续至生前死后，乃至自己以外的人们的心中，那么，"人间之书"永无止境。

"小町仅只是活在传说之中……"

我们自己或许也完全相同。

植田曾经对绢子说：因为没有相关的传记资料，业平和小町反倒被当成了传说的主角。此话多少有些欺骗小孩子的嫌疑，稍稍偏离了问题的本质。实际上，植田常常思考着：业平他们为什么会成为传说？为什么传说又滋生出新的传说，向全国各地传播？其中体现了日本以往怎样的精神？植田想将思考的结果写进文学史。

诸多传说一个一个单独看，大多显得无聊乏味，但将其中的几个凑集在一起看，便会发现它们之间脉络相通，各自都有着生命力。有段时间，植田大量了解了名胜或名产糕点之类的相关资料，对此略有所得，便有些感慨地说道：

"日本人不懂得游览无名的山川。刚以为此人是一位孤独的旅人，不料他或她却依旧是来追访古人遗迹的，仿佛是带着古人一道出行。观赏自然风景越来越变成了像是观赏庭院式的盆景，理所当然不可能产生出具有深意、独创性的想法或作品等。就连旅行也只能模仿他人啦。"

无论是谁都仅仅是跟在他人的议论之后亦步亦趋。实际上，植田在写作《日本的旅人》一书时，曾经越写越心烦，甚至都想逃到无名的山水之中去。

勿庸赘言，多数旅人的习惯与其说是想观赏自然风景本身，不如说是想追访古人的足迹。

和歌的历史便充分地证明了这一点。年轻时的植田尚不能完全理解"古今传授①"的时代。

当然，植田难以相信和歌的传统即为日本文学的本流，对《古今集》《新古今集》稍有了解，也是在他三十岁之后。

尚是学生的绢子对鸥立庵感到纳罕或许也是理所当然。

植田是在辞去静冈高等学校的教职后来到大矶的。此大矶便是《万叶集》《古今集》中的小余绫之浜，也是《新古今集》中的鸥立泽。

然而，正是因为某一个秋天的黄昏，西行法师在此吟过一首诗，后世的俳人便不断在此结庵自居，乃至延续了十五六代。

"像寺庙。"绢子说道。

一代代庵主的墓碑和诗碑一座紧挨着一座，植田看着也有些哑口无言。

现今的庵主热心地做着讲解，而绢子却只是呆呆地望着植田的脸，并说道：

"哪位最了不起？"

植田像是责备似的回答道：

"第五代的白雄也很了不起啦。"

每当站在大树之下，植田总会想起白雄的诗句：

又是一年元旦日，感戴大树②岁岁恩。

---

① "古今"，即指《古今和歌集》。日本中世时期将该书视为和歌的规范，各家对其深奥之处的解释不尽相同，且只将此解释秘密传授给自家弟子。
② 东汉征西大将军冯异被称为大树将军，德川家康为日本初代征夷大将军，因此，有人认为此处的"大树"意指德川将军。

听起来像是向当朝者恭贺新年的诗句，但植田想将句中的"大树"仅理解为"大的树"之意。鸣立庵门前就有一棵大榉树，因此，荻原井泉水认为，诗句中的"大树"似乎便是源于此。

加舍白雄为了师从鸣立庵的鸟醉，于明和二年①来到大矶，时年好像尚不足三十岁。在此，他还曾以同门师兄百明为师。然而，三年后，鸟醉去世，白雄便回到了江户的松露庵。最初，白雄就是在松露庵三世乌明的门下专攻俳谐。后来，因仰慕乌明之师鸟醉，从而转投了鸣立庵。

据传，继鸟醉之后，百明成为鸣立庵四世，白雄则为第五世。

白雄尽管还曾取号为鸣立庵，但晚年的他却在江户开设春秋庵，作为庵主，毋庸赘言，他大有所成。

即便不像同时代的俳人芜村、蓼太、晓台、一茶那般，有着炫人眼目的才华、与众不同的习性，白雄也拥有清高脱俗的文人所特有的那份宁静。

"一茶三十岁左右的时候，白雄刚过五十，并离开了人世，但两人同为信州人，是不是挺有意思？两人都有信州人的特性，同时，又有相当大的差异。"植田对绢子说道。

"白雄所写的字幅，现如今较之一茶，便宜得让人都觉得可惜呢。我们家不是也有一幅白雄的字幅吗？'夏夜当空月如水，大街小巷满城流'。"

"啊——，是那幅字体很难识读的字幅吗？"

"嗯，风格与一茶完全相反啦。"

---

① 1765年。

白雄离开人世是在享年七十三岁的初代川柳死后第二年、即宽政三年①、皇纪两千四百五十一年。

　　十返舍一九正好是在白雄来到东海道鸣立庵的那年出生于骏河府中②；而白雄去世那年，十返舍一九二十七岁，正好与白雄来到大矶时的年龄相同。由此算来，《东海道中膝栗毛》③面世，是在距此十一年之后。

　　或许这一切纯属偶然，但白雄、一茶这两位信州人，无论是生前的生活状况，还是一百五十多年后的今天，人们对他们的评价，都像他们字幅的风格一般完全相反。植田有时会想：这也是偶然？还是必然？

　　来到春秋庵后，白雄号称弟子四千，成为一代大师，一茶的孤寒似乎与之不能同日而语。然而，时至今日，说起一茶，无人不知，无人不晓，可谓是人气爆棚。但白雄的著述竟未出版过一册。

　　如此看来，他们两人无论是在生前，还是在当今，都遭受到了不合理的待遇。白雄当时也并未媚俗，且与政治也毫无瓜葛，人品纯正。

　　是一位毫不亚于一茶的俳人。

　　然而，在两人不同的处世态度及其性格中，似乎也包含了他们之所以在生前死后遭受不同待遇的因素。

　　综观生前死后两方面的情况，他们两人是否都合情合理地存在于各自的命运之中呢？

---

① 1791年。
② 现静冈市。
③ 十返舍一九代表作。

倘若不是，那么，这样的时代是否会到来？

"既然搬迁到了大矶，所以啊，还是偏袒鸣立庵主吧。"植田掩饰性地笑了笑。

倘若说一茶的俳风稍显粗朴的话，那么，白雄的俳风则可谓精致，他是一位十分规范的俳人。单从他门下弟子数千、一片繁荣景象，也可知他的高风亮节，从他生前，直到死后，都受到了知己的敬慕和拥戴。

在数量众多的门生中，还出现了被称作"白雄八弟子"的高徒，其中的铃木道彦、建部巢兆等，都成为继白雄之后新时代的大家。

白雄绝不是一位郁郁不得志的文人。

同时，也不是一位十分惊人的天才。

如今，不能像一茶那般被一般大众所接受和喜欢，或许，这反倒正是白雄的本愿。

白雄在俳谐史上完成了自我的确立，至今仍然富有生命力；一茶则难入历史主流，也不允许他人模仿追随。

勿须赘言，白雄青出于蓝而胜于蓝，但他对老师鸟醉却一直满怀着深深的敬意。以致他的弟子在三处继承了鸟醉的庵号。女弟子星布尼继承了松原庵，春鸿、葛三则分别继承了露住庵和鸣立庵。

植田也曾惊诧于俳人们对庵号的喜爱。

即便是在旅行途中，俳人们也会在所到之处结庵、命名，自称为庵主。迁居时，也免不了再立庵号。一位俳人一生中，仅只庵号，就让人不易记全。

再者，庵号逐渐成为某一流派系谱的代表性标志，因此，争夺老师庵号继承权的事时有发生。

围绕白雄春秋庵的继承权也曾有过纠纷。

似乎可以说，古人的草庵精神已沦为末世的一种形式。

"即便是西行法师，也曾在漫长的旅行途中，四处结庵。但对于西行和芭蕉来说，或许草庵也就是旅行的一部分，而非长期居留之处。"植田对绢子说道。

"倘若西行看见一处草庵居然能传承五六代人，或许也会感到十分吃惊的吧。"

和歌的秘传、俳谐的庵号、名胜、名产，好像都成了同一回事儿。

然而，不难想象，西行的行旅精神，不会因西行的离世而终结；或许，鸣立庵的庵主们也曾经想要继承西行的行旅精神。由此，似乎也可以进一步认为，西行、鸣立庵庵主们沿着一条行旅之路不断向前的精神脉流，还与未来紧紧相连。

西行、白雄可以看作是一个一个的个体，但同时，这一个一个的个体合并起来，或许也可看作是日本的传统以及血统的脉流。

日本的国情尤为如此。

植田常想，在日本，复古和维新总是完美地结合在一起。比如，在日本文学的历史上，既无破坏性的革命，也无西洋似的所谓"黑暗时代"。

文学史家往往喜欢重视文化的涨潮期，而冷淡地看待文化的落潮期。但植田倒是想看看，在潮涨潮落之间，用否定性的词语诸如"盲目崇拜古典""墨守成规""一派末世沉暮之气"等难以表达的日本文化的特质。

望着一座紧挨着一座、排列成排的鸣立庵庵主们的墓碑，植田想要送上一句："唉，各位辛苦了！"

"鸣立庵代代相传，这个，就像是歌舞伎演员承袭师名，舞蹈、音乐等领域袭用艺名一样啦，想改掉户籍上的名字，倘若是为了承袭先人的名号，似乎只需递交一份简单的申请书即可呢。"植田对绢子说道。

不过，在植田所从事的文学领域，实际上，很少有类似的习俗，因为它与文学的本质有颇多相悖之处。

从日本艺道的一般常识来看，对"古今传授"、庵号继承等感到纳罕是很奇怪的。

循着先人的足迹，无数次地踏访名胜古迹，从不随意涉足无名的山川，此乃日本文学、艺术的修业之道，精神的指路牌。

它严酷而深奥。

甚至有人在古人仅仅吟咏过一首诗的土地上结庵，且于此终其一生，死而无悔。

也有人视古人用过的器物为名品，使其焕发出新的美。

还有些弟子在尚未成熟之时，便试图展现自己的个性，从而被逐出宗门。

日本艺道严酷的传承风气，也是源于日本的国情。

从鸣立庵归家途中，随意到附近走走看看，一直走到了高丽神社。

七月，碧绿的稻浪中，东海道两旁成排的松树显得黑沉沉的。

松树的枝头伸进稻田对面的大海之中。

斜阳照在白云缠绕的山峰上，勾画出一道金光闪闪的轮廓。

此时的鸣立，与秋日的黄昏完全相反，正是酷暑炎炎的夏天。

但想起西行的诗歌，植田依然觉得，眼前的夏日景色，仿佛像是日本秋日的黄昏，真是一种奇妙的感觉。这不仅只是因了西行诗歌的功德，大自然本身就是如此奇妙。

结实健硕的黑松也是如此，一旦变成一棵老树，其枝桠、叶子全都微微下垂，显得优雅、古寂。

"和绢子你一起去吐月峰，也是在夏天吗？"植田说罢，绢子一脸愕然。

"是春天啦，父亲大人。寺庙的门前不是还开着茶花吗？也就前年的事情，您已经记不清楚了。可真令人担心啊。"

"噢，想起来了，那天还有过风呢。"

"没吹过什么风哟，那天可是暖融融的啦。"

"是吗？吹过一点风的。"

植田之所以这样说，是因为风中摇曳的竹子，浮现在他的脑海。

吐月峰的柴屋寺卖着精细的竹制用品，据说，其庭院中的竹子，是由连歌师宗长移栽而来的。植田在丸子尽头的丸子桥上下了公共汽车，走进一条羊肠小道，立马有竹子跳入眼帘。

山脚等处有由纤弱细小的竹子组成的竹林。

细竹在风中摇曳，仿佛正在温柔地呼吸。而一根一根的细竹晃动的姿态，则与舞者开始舞动时，其手中镜狮子长长的毛须那轻柔飘逸的感觉颇有几分相似。

尚在静冈时，因为距小夜中山^①、宇津谷峰、清见泻等都很近，

---

① 位于静冈县挂川市左叉夜鹿的山卡。

因此，植田常会在星期天，带着学生去那些地方散步。

然而，东海道的古道保存完好的只有小夜中山。即便是《平家物语》中的手越之里，《伊势物语》中的宇津之山，如今也有开往金谷的公共汽车时常卷土而过。直到渡过安倍川，道路两旁成排的松树后面，建起了金枪鱼罐头公司、日本红茶工场等。沿路来到泉谷，顺便进入宗长的寺院，怀古之情油然而生。

植田最初到访宗长的寺院，大致是在三十年前、自己尚是中学生的时候。

"这座寺院就是宗长草庵原有的模样吗？"植田问道。

"是啊，已有四百年左右的历史了呢。"记得上一代的住持曾如此答道。

之后，植田为了了解宗长的相关事情，又多次拜访此地，以致烧刻有"吐月峰"字样的竹杖也积累了七八根。

带着绢子来到宗长的寺院时，同行的还有较自己第一次光顾此地时稍稍年长的两三名学生。

住持一看见植田，便以非同寻常的声调说道：

"今天早上，来了一位稀客呢。"

"一位相当漂亮的千金小姐，从东京驾到。与她聊着聊着，不知不觉已近中午时分。她是来探访'常春藤小道'的。刚刚才回去，没碰上吗？"

"没有。她是一个人吗？"

"一个人，一个人。早知道植田先生您要来，我就将她留下了，真想让您看一眼。总是待在这山谷之底，不知道世间竟有如此漂亮的美人。"

"啊？"

"说是希望我们给她邮寄一些精细的竹制品，放下名片便走了呢。"

住持站起身，拿过名片递给植田。

只见名片上面写着"市河明子"。

"呀……"植田不禁轻轻地叫出声来。

"您认识她吗？"

"嗯。"

植田心想：一定是那位读过《日本的旅人》后，给自己写过一封信的女子，那封信写得很好。但他觉得没有必要在此提及此事。

住持一边倒茶，一边继续说道：

"我等身居山谷之底，恭候各位前来参访，幸会各界、各类人士。如今，世间火车、公共汽车等十分便利，人们想起昔日的东海道，来此游走的人便络绎不绝。他们带来各种有趣的话题，欢谈一番后，再各自散去。窃以为：道路永不消亡啊。不过，像今天早上那么年轻的千金小姐，倒是十分的罕见啦。总觉得她走后，古寺内余香犹存，不是吗？"

或许是因为刚刚见过漂亮的千金小姐的缘故，住持的话语文绉绉的，就像是在吟咏词藻华丽的"美文"。

"倘若那位漂亮的美人是向山顶上走去，我们现在马上出发，或许还能追得上呢。"

"那是自然。虽说她身着西服，但到底是女子的腿脚呢。"

"追过去吧，老师。"一位学生说道。

"嗯，先吃完盒饭也不为迟吧。"植田笑着答道。

植田心想，即便是追上去，报上自己的姓名，因为有女儿和学生跟着，对方应该也不会觉得诧异，似乎可以说是在一个合适的场合，碰上了一位合适的旅伴。但他并未就此天真地付诸行动。尽管如此，思来想去，他心中却也不由得泛起一股奇怪的留恋之情——或许自己这辈子已经失去了与市河明子这么一个人见面的机会。

"对了，对了，想过植田先生您来后要告诉您的。去年秋天，也有人来寻访过'常春藤小道'，顺路到过寺院啦。"住持说道。

"据那位客人说，他带着当地的向导到处寻找也未找到路，但找到了一块小石头，上面写着'常春藤小道'。因为再往前走，就不能下脚了，所以，他们便折返了回来。听说前面好像是陡峭的山崖，树、草很多，而且长得很茂盛，根本就无法通行啦。"

"想必也是吧。秋里篱岛在《东海道名所图绘》中详细记载着，他来此调查寻访时，也雇了两位向导，一边用镰刀割、砍开道，一边向上攀爬。宽政年间① 就曾是那么一番情景啦。"

"尽管我住的离那儿很近，但从未去寻访过。听说所谓的'常春藤小道'，比旧东海道还要古老得多，很久很久以前，就不曾有人通行了。因此，现在已经完全不知其踪啦。甭说是'常春藤小道'，就连原来的东海道的宇津谷峰，倘若没有向导，也无法搞清楚其路向呢。自从旧东海道下面的隧道建成后，就再也无人从旧有的宇津谷峰通过了。如今，那条隧道也已作废，新的隧道又已挖成，新的道路从与旧东海道之峰完全不同的地方通过。今天早上，那位千金小姐说是要去新道上走走，我劝阻了她。要是去了，也就是惹一身卡

---

① 即1789—1801年。

车扬起的灰尘而已啦，不值得。不能走的。"

住持将身体转向学生们说道。接着，他说要将寺庙的宝物、庭院给学生们看。植田因为看过多次，所以，只是坐着听住持讲解。突然，有一位姑娘的身影从植田的胸中掠过，她走过元宿、二轩屋、赤木谷等人家，顺着松树林荫道，向山峡深处走去。这姑娘好像就是市河明子。

那林荫道上，还有宗长行走的身影，他跟随宗祇一路向前。

宗长十六岁入得宗祇门下，直到写下《宗祇终焉记》，四十余年间，形影不离地跟随着宗祇，从一个漫长的旅行，走向又一个漫长的旅行。

据说十六岁上京之前，少年宗长曾经在今川义忠近旁侍奉过三年，其间，颇受宠爱。他出生于丸子上方的第三个驿站岛田。晚年，曾在泉谷结庵。

宗祇八十二岁过世。宗长也很是长寿,享禄五年（天文元年）①，也即皇纪二千一百九十二年，他以八十五岁高龄，死于此座草庵。《宗长日记》便是他写于享禄三四年的日记。

芭蕉曾在《笈之小文》中写道："西行的和歌、宗祇的连歌、雪舟的绘画、利休的茶道，其贯道之物一如也。"

芭蕉曾经追随行旅诗人宗祇的足迹，甚至还曾在自制的旅行用斗笠的内侧，将宗祇写入自己的俳句。

身处宗长草庵，植田忽然想起了芭蕉的一句话：

"未走东海道，何从谈风雅。"

———————————

① 1532年。

120

宗牧在《东国纪行》中写道：天文十三年，恰逢宗长十三周年忌辰，宗牧拜访了宗长草庵。此时，草庵似乎已由宗长的孩子们继承。

宗长有两个孩子，已经决定出家的儿子"承葩十一岁，女儿十三岁。女儿原本也想好了要去做尼姑，但有人可怜她，今年年底，替她找了一户人家，让她与一位男子定下了婚约。两个孩子的将来都已有着落，年已七旬的我，就是死也可以瞑目了。即便如此，内心也还是不由地会觉得有一些怜惜。

　　身分两地心难离，无时不刻勿念儿。
　　莫道父母爱子切，罔顾是非曲与直。"

文中充满了对孩子的担心与惦念。宗长在"雪天的寂寥"中，写完这篇《宇津山记》，时值永正十四年[①] 十二月二十六日，他七十岁那年的岁末。因此可知，他五十多岁才有自己的孩子，结婚也很迟。

绍巴也曾写道：在参访富士的途中，顺道去了宗长草庵，看见庵室内，挂着一休和尚所写庵号"柴屋"的字幅；还有宗长的画像，画像上有逍遥院[②] 题赞的和歌两首。

宗长十八岁剃发为僧，师从一休学习禅道，曾在大德寺珍珠庵旁居留。为凭悼恩师一休，也曾在薪里[③] 酬恩寺居住。

---

① 1517年。
② 室町后期诗人、三条西实隆的号。
③ 京都府京田边市薪里。

逍遥院三条西实隆与宗祇之间深深的缘分自然也延续到了宗长。

实隆公到骏河时，也曾在柴屋轩①逗留。

实隆公晚于宗长五年，即天文六年，同样是以八十三岁的高龄离开人世。但他与宗祇的相识，则是始于自己年轻的时候。长享②元年，作为得意门生中的标志性人物，接受宗祇的"古今传授"，当时，宗祇六十七岁，实隆公尚只三十三岁。

接到宗祇在旅途中辞世的讣告时，实隆公已是四十八岁。《实隆公记》中有一封实隆公寄给宗长的信，从信中可以看出他接到讣告时的悲叹和惊愕。

宗祇年事已高，因此，实隆并非不曾想到会发生这样的事情，但"尽管如此，自己内心还是想着一定会与宗祇师再次相见，于是，任凭时光流逝，也只是扳着指头数着时日，空等着宗祇师的归期……"

实隆等待着宗祇回到京城。同时，宗长也曾写道："即便是现在，也想再回一次京城——宗祇师曾热切地期盼……"

装有宗祇生前所喜爱的沉香等遗物的箱子寄到了实隆处，实隆"急忙打开箱子，箱中，宗祇师的花押等依然如故，还有各式的名香，心想，这一切实为永世的纪念，便赋诗一首：恩师魂消箱根山，千呼万唤亦未还，点燃遗物香一束，悲烟袅袅英容现。"

实隆十分荣幸地"跟随"出身低微的宗祇"多年"，"其高恩"令实隆终身难以忘怀。实隆以"鞠躬尽瘁，死而后已"寄托对宗祇师的哀思。

---

① 宗长1504年所建草庵，亦为宗长的号。
② 年号，1487年8月9日—1489年9月16日。

宗祇依身上杉家，曾六七次去过遥远的越后。八十岁的远行，他依然选择了去往越后。

在府中的旅馆中，他讲授了《古今集》，这也成为他生命中最后的一次讲座。

当讲座尚未完全结束时，他便匆匆忙忙地将《古今集闻书》、读书卡片之类的相传之物悉数装箱，封好后寄给了都城的实隆。

此次出行，宗祇脑中"连'归'字也不曾想过"，或许对死已有了愈为强烈的预感吧。

直到后来，宗长才联想起：从越后归来途经镰仓附近时，宗祇曾经吟咏连歌千句，其中就有一些句中含有与世辞别之意。

宗祇早就有将《古今集闻书》等传给实隆的打算。比如，他晚年远行出门前，都会将那些重要的秘传书籍打包后，寄存到实隆处。

并以此行难返的心理准备，去向实隆告辞，表达再会难期的心情。

据说，他最后一次旅行之所以会随身携带上《古今集闻书》等，是因为应上杉家所望，需到当地向人们讲授《古今集》。

此次，当这些用于"古今传授"的秘密书物从越后寄到时，实隆视之为诗道的护身符，倍加珍爱。就此，实隆完全承继下了宗祇师的衣钵。

自从聆听宗祇讲授《源氏物语》《伊势物语》，传《古今集》以来，实隆与宗祇师的交往约已持续了二十年。

长享二年春，宗祇被足利义尚将军任命为连歌会所执行宗匠。年仅二十左右的义尚以画中所绘般的英姿出征近江时，宗祇还曾亲赴前方阵地，给义尚讲授了《伊势物语》，深受义尚的器重和赏识。

然而，七年后，也即明应四年，七十五岁的宗祇写就《新撰菟玖波集》，该书能够获赐圣旨，准予冠以敕撰的名义，并供天子阅览，宗祇作为撰者，还得到了后土御门天皇的认可，甚至是恩赏，这一切完全都是因了实隆的举荐。

宗祇和实隆的关系，并非仅仅止于风雅之友，可谓是亲如家人。宗祇将实隆作为处世的依靠，同时，他也替实隆征收领地的地租，甚至还帮实隆去借钱。

宗祇对定家十分崇拜，以至于他在临终时说道："刚才，我在梦中见到了定家大人。"定家编撰过《新古今集》，是镰仓初期和歌界的泰斗，官至正二位权中纳言。即便如此，他也曾因家境贫困，女儿没有新衣，而恨不得褪下大型人偶的外套给女儿穿上；为了筹措点钱物度过年关，急得像热锅上的蚂蚁，不知如何是好；因无力为先祖做法事，伤心难受得夜不能寐。他还曾在饥荒之年，将庭园改造成麦田，并声言：除此之外，不知还有其他什么方法能够让我抵抗饥饿？在他的日记《明月记》中，满是对贫穷饥饿的感慨和悲叹。

镰仓时代尚且如此，更何况其后的乱世——室町时代：皇室衰落，人心惶恐，以致连皇位继承仪式也曾经停办。因此，逍遥院前内府的日记中，有许多关于不得不向连歌师筹款的记载，或许此乃理所当然。

宗祇的弟子们也和老师一样，曾为实隆的生活处境担忧操心。

宗长就曾从今川氏亲处替实隆借来过二十贯钱等。就此，实隆在日记中写道：

"意想不到的深情厚谊，在我最贫乏的时候，雪中送炭。这下我可以喘口气了。"

实隆曾经在宫廷做过抄录工作，是位书法家。但即便如此，要抄录完《源氏物语》这样的鸿篇巨著，似乎也并非是一件容易的事情。暮春时节，实隆终于完成了自用《源氏物语》五十四帖的抄录工作，便特地将宗祇、肖柏招到家里，畅谈文学一整日。当时，他年方三十一岁。

实隆早就拜请一条兼良为自己抄录的《源氏物语》题写了书名。

在实隆完成抄录四年前，后成恩寺[①]禅阁[②]兼良便以八十高龄离开了人间。

宗祇也曾抄录过《源氏物语》，"五十四帖"的书名则是由实隆为之题写。

然而，宗祇曾经给实隆讲读过《源氏物语》，传授过和歌秘诀，是实隆的老师。而兼良则是宗祇的老师之一，因为宗祇曾经跟随兼良学习过《源氏物语》中的历史掌故等。

一条兼良十五岁成为正二位权大纳言，二十岁成为内大臣，二十三岁成为右大臣，家人多为关白。与之相比，三条西家的实隆姑且不论门第和官位，就是在古典学方面的造诣，也远不及兼良。但一般认为，兼良作为贵族，在战乱时期，坚持了皇朝文化的传统，在宫廷中，致力于保护文教事业，继承了其祖父良基的遗志；而实隆则传承了兼良的风格。

实隆似乎并非像兼良那般个性刚烈，因此，反倒广泛地结交了一批风雅之友，起到了将学问向社会传播的作用。当然，这也是时代变迁的结果。

---

① 兼良的谥号。
② 兼良的别称。

一条兼良遭遇了应仁之乱，尽管身处关白之位，也不得不为每一天的食粮发愁。他前往奈良避乱，一时只能依靠他人的慈悲和同情来维持生计。他扔下关白一职，打算去往关东，但行至美浓后，被战乱所阻，竟连京都也难以再回。

不过，实隆的青年时代，京城一带自应仁以来的战乱已基本平息，尽管说因武装暴动、盗贼横行，都城也不安宁，但实隆并未遭受如兼良那般的灾难。

另一方面，应仁之乱之后，足利幕府、朝廷贵族的权威更为降低，各国武士的实力日益加强，日本社会进入群雄割据的时代。京都衰落，地方兴起。植田曾在《日本的旅人》附录《东海道交通年表》中写道：

"后柏原天皇永正三年①八月、即皇纪二千一百六十六年，三条西实隆手抄本《源氏物语》沿东海道下至甲斐②。"

即实隆将抄录完后，曾与宗祇、肖柏共享完工之喜，并让木匠制作了一个大柜子，小心予以保存的手抄本《源氏物语》，以黄金五枚十五贯的价格，卖给了甲斐国的某一个人。

就如小野小町沿着东海道上京城的身影一般，实隆的手抄本《源氏物语》沿着东海道下甲斐的情景，有时也同样作为文化的象征，浮现在植田的眼前。

"室町时代的此时此刻，文化事业凋落衰微，跌至谷底。但从另一个角度来看，似乎又呈现出文艺复兴的征兆。在一个时兴周游、体验文化的时代，东海道可是趣意盎然哟。"

---

① 1506年。
② 现山梨县境内。

从吐月峰回家的途中，植田曾经说道。

"绘画方面，雪舟在实隆五十二岁时，以八十七岁的高龄离开人世；狩野正信则在实隆七十六岁时，以九十七岁的高龄与世长辞。他们都属于同一个时代。"

二十多年后，实隆又将自己抄录的自家用的《源氏物语》卖到了肥后。他在日记中曾经写道：卖掉很可惜，但不得已。或许是因为手头拮据的缘故吧。

无论是卖到甲斐，还是卖到肥后，两次都分别有宗祇的弟子玄清、宗硕从中斡旋。

因为听说是实隆的手抄本，所以，地方豪族们争相抢购，并视之为珍宝。但在植田看来，实隆的手抄本《源氏物语》能够卖到甲斐、肥后，并成为古董，实际上，是许许多多的源氏故事，或"源氏文化"，已经从京都传播到了地方诸国的象征。

有人甚至说，不读《源氏物语》，几乎就不可能理解室町文化。招月庵正彻也曾给义政讲授过《源氏物语》；将军义尚也曾请实隆为自己开设过《源氏物语》的讲座。因此，即便认为是《源氏物语》让足利幕府走向了衰亡，也并非全无道理。十三岁的孝标女梦想着要读《源氏物语》来到了京城；美少年将军义尚为读《源氏物语》，央求实隆每隔一日就来一次自己的住处。植田有时会试着将这两位少年摆放在一起进行思考。

的确有相似之处，同时，又极为不同。但两者的血脉似乎相续、相通。

"文化传统顽强的生命力十分惊人。"植田为此而感到震惊。

在末世的颓废中，有两位沉溺于梦幻的少男少女，他们曾经憧憬过的《源氏物语》，在毁掉他们各自的时代后，仍旧存活了下来，并将继续存活下去。

镰仓时代武士文化颇为兴盛，但室町时代，幕府回到了京都，一味模仿平安王朝的文化，即倡导所谓的文艺复兴，招致文化上的"公武合体"①，其核心便有对《源氏物语》的推崇。将《源氏物语》尊崇为至高无上、独一无二的范本，就是始于室町时代。当时，《源氏物语》不仅仅被视作人们的教养之所需、兴趣之所在，还被视作人们精神和生活的主宰。

"实隆的《源氏物语》会沿着东海道下到地方，是因为它吃尽了幕府和公家的血肉，便抛下京都，到新的原野，寻求新的生命。"

想到此，植田不禁感到毛骨悚然。然而，倘若没有"源氏文化"，或许就没室町时代。

同时，实隆的手抄本《源氏物语》从京都沿着东海道下到地方去的情景，就像是衰落了的王朝其美女被未开化的蛮族买走了一般。

实隆是室町时代"源氏文化"的典型人物之一，他也爱读北畠亲房的《神皇正统记》。

大正年间，追赠其"从一位"的位阶，或许便是对其忠诚心的嘉奖。

《源氏物语》中也有同样的忠诚心。

---

① 又称公武合体论、公武合体运动、公武一和，是日本江户时代后期（幕末）的一种政治理论，主旨是联合朝廷（公家）和幕府（武家）改造幕府权力。此政论获得幕府和部分大藩属的支持，主要目的是要结合朝廷的权威，压制当时的尊皇攘夷（尊攘）运动，以避免幕府倒台，和进一步强化幕府的地位。

《源氏物语》必须与朝臣公卿们一道，背负招致皇室衰落的罪名。但在之后漫长的武家政治期间，它却绵绵不断地传达着皇朝的美，其感染力无以言表，深沉厚重，令不少勤王者为之感慨万千，叹息不已。

平家、源氏、北条、足利、德川等豪门贵族一个接一个全都消亡，但如女子纤纤细手般优雅、柔美的《源氏物语》却地久天长。

"吐月峰那家寺庙，说是传承着'花之本'的称号，以此似乎多少也为寺庙获得了一些收益。'花之本'看起来像是花道掌门人的名称，实际上是连歌、俳谐掌门者的名号啦。"

植田对绢子和学生们说道，

"连歌起源于和歌的余兴或游戏之类的活动。因其夹杂着轻快、滑稽的内容，且吟咏时场面热烈，气氛风趣幽默，所以，非常适合宫中普通官吏和民间大众的口味，以至于在他们之间广为流行。连歌原本被认为是没有品位、不上档次的异类。连歌会也是在屋外，即大家围坐在樱'花之下'举办的呢。'花之下'与'堂上'正好相反。连歌会围聚在一起的人们，也并不是在家中，即'堂上'优雅作诗的殿上人①，而是在'花之下'，即室外盘腿席地而坐的大众。但到了后来，就连那些高贵的人们，也会乔装改扮一番，前去观看'花之下'热闹的场景。连歌呈现出一派繁荣昌盛的景象。如此一来，便有人在'花之下'的连歌活动中，将像宗祇这样高水准的连歌师称呼为'花之下'，并成为了一种习惯啦。不过，从镰仓时代末

---

① 旧时日本宫廷中服侍天皇的中级官吏。通常情况下，只有五位以上的官吏才能到天皇的日常居所清凉殿值班、服侍，称为"升殿"，也叫做"殿上人"。

期，到吉野朝时代，宫中普通官吏的地位得以改善，连歌和连歌师的地位也得到提升，连歌会等也不必再在'花之下'，而是可在屋内举办。但'花之下'这一词语保留了下来，变成为宗匠的称号。之后的室町时代，足利将军开设连歌会所，任命执行宗匠，连歌兴旺之势直达宫廷，'花之下'的称号也随之变得相当庄重而有分量。宗祇被允许冠以'花之下'的名号，但在字面上将'花之下'的'下'字，换成了'本'字①。这便是'花之本'这一称号的大致由来。据说，宗祇过世后，宗长受众人所推，继承了'花之本'宗匠的名号。因此啊，'花之本'这一名号，或许就是与宗长一道，顺东海道而下，从而来到了那家柴屋轩的吧。"

野生野长的"花之下"，被熏染成具有都城风范的"花之本"，基本失去了原有的灵魂，又回到了如此偏远的山野之中——虽说走过的是一条普通的路径，但在植田看来，"花之本"顺东海道而下，同样也是连歌命运的象征。

连歌因宗祇而达到巅峰；俳谐因芭蕉而攀至顶点；小说因《源氏物语》创造极致，之后，大致飞越了七百年的时间，因西鹤再度辉煌。

总以为眼下任何事情都在不断进步，眼下一切似乎都已发展到了极限——这样的想法，即便是在今天，也是一大错误。然而，倘若认为，无论哪个时代，人们都曾那么想过——这也是不了解过往盛世的一大错觉。

人，无论是谁，无论是从好的方面来看，还是从坏的方面来看，

---

① 在日语中，汉字"下"和"本"在此发音相同，都读为"もと"，因此被互换。

都无法摆脱对自己、对自己国家、对自己时代的依存。

倘若像植田等那样，经常浏览文学、艺术的历史，便会再清楚不过地看到：文学、艺术等领域的巅峰时期，在漫长的历史发展进程中，犹如闪电，只是那么一瞬，而能够站上峰顶的人，也只是一位天才而已。因此，植田等反倒不一定只是被那巅峰期和天才所吸引，同时，也对其上升期、下降期以及生活在当时的人们心有共鸣。

"日本特有的风俗和传统不知拯救了多少未能站上峰顶的人。"

即便说实隆的手抄本《源氏物语》是沿东海道而下，江户时代国学者中的保皇志士是在东海道诞生，明治皇政的都城是经东海道东迁，或许也并不牵强附会。

这里所言及的东海道，不仅是同一国土上的一条土路，也是相续相连的心之路。

"要说花呀……"

植田对绢子说道，

"如今成为女孩子们的兴趣和爱好、并让她们会去找专门的师傅学习和练习的花道呀、茶道呀、民谣等，大多是室町时代的产物。"

生死皆为时雨身，"无须宗祇"非虚名。 [①]

尽管芭蕉被称作没有胡须的宗祇，但两人一个生活在太平之世，一个则生活在战乱之时，其人生和行旅也自然迥异。但与此相比，

[①] 芭蕉与宗祇一样，写过许多歌咏"时雨"即秋日阵雨的俳句。宗祇蓄有胡须，芭蕉则不然，故芭蕉被称作"无须宗祇"。芭蕉死于农历十月十二日，正是秋日时雨绵绵之时，其生死可谓皆与时雨有不解之缘，故其忌日亦称"时雨忌"。

颇不寻常的是，两人却有着同样的漂泊情怀，沿着风雅之道一走到底。

此乃诗人悲痛至极，一边独自舔舐自己的伤骨，一边吸吮、体味日本文化精髓的结果。他们也曾在古典中寻求自我，尽管这些古典都流芳百世，但最终他们还是凭借自己的双脚，在他们的时代走出了一条前无古人、后无来者的绝无仅有的路。应仁二年[①]十月二十二日，宗祇在白川之关百韵一卷中，收录有以下连歌：

白川之关路难行，旅人无不泪沾襟。　　　宗祇
行旅途上夕暮降，身乏落叶亦当床。　　　尹盛
暴风骤雨转瞬静，旅舍窗外月更明。　　　牧林
秋意浓浓夜空寒，辗转反侧难入眠。　　　穆翁
寒夜难眠闻雁声，云下独飞似吾心。　　　旬阿
白浪滔滔水连天，极目浩森烟波间。　　　宗祇

还收录有：

旅途暮色催脚步，谁家有心留吾宿？　　　祇
山中求得栖身处，孤寂清冷平添愁。　　　翁
峰上枯树乌鸦鸣，抖落枝头霜一层。　　　林
冬夜寒空月一轮，清冷不见半丝云。　　　盛
河水湍急声高远，绵绵不断汇入天。　　　祇

---

① 1468年。

忽觉掉下一滴水，顿感带起一阵风。　　林

另外还录有：

今朝与友忽别离，岂知谁人先去世。　　祇
人生相逢又相别，恰似朝露现与灭。　　翁

在信浓旅行途中，宗祇曾咏下诗句：

旅途檐下避时雨①，人生无常亦如此。

后来，到筑紫筥崎②时，他又咏下了一首诗与之呼应。

松叶沐浴时雨中，无常命运与人同。

　　除以上诗句外，宗祇行旅途中常常遭遇时雨，还有很多诗句都与时雨有关。
　　在日本，就连摇篮曲也流淌着哀伤的情调。宗祇的"时雨"诗，与日本摇篮曲别无二致。但要从日本旅愁的谷底破土而出，就必须脱离"时雨"多愁伤感的冰封层，洗心革面，开辟新境地。譬如：

---

① 与中文意思稍有差异，特指秋冬之交忽降忽止的雨，在俳句中为代表冬季的季语。
② 现福冈县福冈市境内。

秋海夕潮应月涌,渐次磅礴寒意浓。

宗祇常有一种幽深、遥远的想念:

梦中伊人款款行,醒来天际亦无影。
旷野无人空幽远,霜重小径微微现。

宗祇在《筑紫纪行》的序文中写道:

"近个时期以来,芦苇荡频有风声喧噪,即便是在都城中,也能听到波涛声不绝于耳,草庵则更是难以安住……"

正是在文中所写的这样一个"时期",将军义尚在征伐近江的"钩里之阵"①死去;将军义晴在前往近江穴太②躲避战难时丧命。

然而,在"常德院③大人起驾出征"一文中,起笔便描述了义尚华丽绚烂的出阵装束。

"内穿茶褐色夹层和服,外穿红底锦缎桐唐草花纹的直衣④,头戴黑色圆顶礼帽,腰系绫罗腹带,佩挂厚藤四郎吉光⑤短刀以及金制长刀,肩背二十四支竹木箭,竹木箭上的羽毛上下皆白,中间部位的黑斑不大不小,箭束未系固定用绳索,马鞭上缠有装饰、加固用藤

---

① 钩里:今滋贺县栗东市;钩里之阵:在钩里布下的阵仗。
② 现滋贺县大津市。
③ 足利义尚的法号。
④ 原为平民服,镰仓时代以后,成为武士的礼服,贵族的日常服饰。
⑤ 藤四郎吉光,本名为栗田口吉光,镰仓时期制刀名匠。其制作的短刀因刀身较厚,故又称厚藤四郎吉光。

条，弓为重藤弓①，脚穿黑色豹皮浅沓②，骑着河原毛名马，马鞍色若梨皮。"

仿如画儿一般。

而有关年轻的将军死时容颜的美丽，宗高则以近似于平安王朝的文风作了如下描述。

义尚出征近江第三年，也即长享三年三月二十六日死去。

"由于身处前方阵地，义尚将军平时只能在狭小的西方一隅铺上寝具，枕头朝北，仰面躺睡。就这样，身染疾病，数日卧床不起。即便如此，由于直到去世前两天的二十四日，他还曾染黑过牙齿③，因此，死后其口中仍是漆黑一片，眼窝凹陷色浓，颜面消瘦苍白，反倒比平常显得更为好看。"

除了对将军死后容颜的描述，文中还写道：

"将军年方二十有余，也即今年才只二十五岁，原本容貌俊雅，身如无瑕之玉，如今却以遗骸的形体，呈现于眼前。面对如此突如其来的场景，我与其他众人无一例外，全都泪水噙满眼眶，头晕目眩，一时语塞。"

"二十八日，将军的遗体周边围上了屏风，我打开覆盖在将军遗容上的白布，瞻仰片刻，觉得将军的容貌与其生前并无二致。"

之后，将军的遗体二十九日入殓，拟定三十日进京，可就在准

---

① 将弓的躯干涂上黑漆，然后再用藤蔓缠绕加固。把手处上部缠绕三十六圈，下部缠绕二十八圈。因藤蔓缠绕的圈较多，故称为重藤弓。
② 皮革或桐木所制，内侧垫有绢布，外侧涂有黑漆，亦称浅靴。
③ 日本自古以来的一种风俗习惯，以黑齿为美，开始是在上流妇女中流行，后来发展到男人也追随。明治时期才彻底被废除。

备出发之前，马厩起火，延烧至府邸。可幸的是装运遗骸的轿子，还有妇人们都平安无事，反倒是令军阵不知所措，好一阵慌乱。

途中行至草津，已是黎明时分。

"风疾雨暴，愈发难以辨清前方的行路，没有任何人前来参拜遗骸，于是，打算进食解饥，便将装运遗骸的轿子暂时卸放在栗津湖畔，想到将军英年早逝等，不觉悲从中来，潸然泪下。

"之后，过濑田长桥，越大津关山，抵达京都。"

四月三日，宗高"削发为僧，穿上了袈裟"。

"即便如此身份，也时而被招至宫中，作连歌助兴。"

因此，宗高追念、仰慕义尚的文雅之道也是在情理之中，同样是在《将军义尚公薨逝记》一文中，宗高写道：

阵前染病的将军，"终日躺卧病床，却唯独将和歌的注释书一直放于身边，对和歌之事念念不忘，病情稍有好转，便会记录下所感所想。将军的话语以及曾经在宫中侍奉将军的时日，如今想来，恍如幻梦一般。

"将军当时究竟是何等心情？他曾在诗笺上写下如下一首诗，特意送给东山殿[①]。

青光几缕照病床，不禁屈指数过往。

衣锦荣华威武日，皆似流水梦一场。

"或许这应被称作为将军的辞世之歌。"

---

① 义尚之父义政在东山建造的山庄，即现银阁寺。后成为义政的通称。

宗高的《将军义尚公薨逝记》流淌着平安王朝文学的血脉。

东山殿义政曾经感叹道：

埋木本当朽为泥，空留人世虚度日。

新枝捧出花一朵，却遭凋零泣天地。

想起他之前在花顶山赏花时写下的歌颂当朝盛世的诗句：

樱花朵朵满树开，一片粉红扑面来。

两者相比，幕府的衰微显而易见。

花顶山赏花与丰臣秀吉的醍醐赏花被共称为豪华赏花的双璧。义尚的死是在距前者二十四年之后。

而义满的死则是在距前者八十一年之后。

华丽的出征，死后美丽的容颜，还有装运遗骸的轿子受困于风雨之中，难以辨清前方行路——这是足利时代命运的写照。

"说起来同一家族，三人都命丧江州，这究竟是怎么回事呢？"——《万松院殿穴太记》中写道：

"长享初始，常德院殿下（义尚将军）一心想要治理天下，发兵平乱，在钧里布下阵仗。人们皆觉并非易事。不久，常德院殿下花样年华，命归黄泉。法住院殿下（义澄将军）魂落冈山之土。如今，不知何故，义晴将军又在穴太早逝。人们无不感叹，祸不单行，命运多舛。"

义晴将军的遗骸归京时的情景较之义尚更为凄凉。

"义晴将军的遗骸入棺上轿后，由相国寺的扛舆僧抬着，其前面有少许僧人、佣工、杂役参列，荫凉轩禅僧坐轿随行其后，沿途也仅仅只有荫凉轩的仆役长打着一盏灯笼照明，悄悄出殡的情景令人倍感伤心。"

义晴被卷入战乱，逐出京都，在近江阵中孤立无援，患病半年，全身浮肿。

之所以强忍病痛，来到穴太，也是因为一心想要回到京都。他染黑牙齿，剪修指甲，身边的人劝说：这样对身体有害。四十岁的将军答道："人们不是常说'衣锦还乡'吗？我无锦可衣，至少也应该稍作修饰才是。"

《万松院殿穴太记》结尾处写道：

"雪中树梢已露出新芽，春暖花开的时代还会远吗？"义晴知道死期将至，也是一边流着泪，一边对妻子和家臣们留下了如下遗言："我死后，你们要再兴家业。"

　　悲痛欲绝天昏暗，神情恍惚心迷乱。
　　黑发断后难再束，泪水两行结成串。

之后，将军的妻子、将军的奶妈和将军妻子的奶妈皆遁入佛门，也有家臣遁世隐居。

武将中奉送奠仪的有：细川晴元一百贯，佐佐木义贤三百贯，细川元常、细川晴贤、佐佐木德纲等十贯。

义晴的死较之义尚的死更为凄惨。

不管怎么说，义尚是为征伐六角高赖而死；义晴却是在逃亡近江时而亡。

义晴出生伊始，就因其父义澄败走冈山城，尚未满月便被托付给了播磨的赤松义村，且之后不到半年，其父即死于近江。

这位赤松氏，曾接受护良亲王的旨令，举义军援助建武中兴。后来，参与足利尊氏的谋反，嘉吉之乱时，又曾偷袭足利六代义教。

义晴十岁时，即被细川澄元所诳，与细川高国交战。战败后，逃到播磨避难。同年，澄元去世。足利十代义稙对细川高国的强横暴戾行径十分愤慨，便先奔和泉，后藏身淡路。义稙的离去，使得幕府失去了主君。因此，置身赤松义村处的义晴，被去年还曾是敌人的高国带到京都，成为了将军。前将军即义稙在阿波死去。义晴十八岁时，和高国一道与三好氏的军队交战，落逃至近江。后来好不容易返回京城，但又一次被迫逃往近江。正是在第三次的逃亡中，命归黄泉。

足利氏将军们的人生大多坎坷崎岖，最后都遭遇非命。

赖朝杀害了异母兄弟，儿子和孙子也被暗杀，源氏三代便遭灭绝，在此毋需赘言，但执政的北条氏能活到六十岁的也只有最初的三代。之后的贞时活到四十岁就已算是长寿。余下的五代全都在三十多岁离世——时赖三十七岁、时宗三十四岁、高时三十一岁，等等。

北条家代代早逝，让人总觉得有些怪异，然而，说起足利将军家，十五代中能活到五十岁的只不过五人，即初代尊氏、三代义满、八代义政、十代义稙、十五代义昭。

并且，这五人中，义稙死于阿波；义昭本为流浪之身，因受织田信长拥戴，入主京都，但不久再次被放逐，四处流落。后来借助毛利氏，至丰臣秀吉征伐本州岛西部，义昭获得了可产粮万石的封地。最后，死于大阪。

第四代的义持曾将将军的职位让渡给其子义量，但义量十九岁便离开了人世，所以，义持不得不再次执掌权力，在后嗣未定中死去。关东管领持氏翘企继承其位，但管领畠山满家等诸将却请回已经出家、进入青莲院成为了天台座主的义持的弟弟，立为义教将军。

持氏十分愤慨，显露出公开反抗幕府、率兵西上的迹象，自尊氏长男义诠、次男基氏以来，幕府和关东管领等之间的不和与对立日益严重，愈发呈现剑拔弩张、一触即发之势。

其间，还曾发生过义教派去劝诫持氏的使者，途中遭盗贼偷袭，逃回京都的事情。

有些将军还佯装风流，沿东海道而下去游览富士。实际上是为了探视镰仓方面的动静，并对其施加威慑力。

后花园天皇永享四年，皇纪二千九百一十二年九月十日，义教从京都出发，十七日到达藤枝。

十八日在骏河国国府今川范政家观看了富士山。

二十八日回到京都。

今川家还新修了望岳亭，热忱欢迎义教的到来。然而，无论怎么说，将军专程跑到骏河来看富士山等，都是前所未闻的事情。飞鸟井雅世在《富士纪行》中写道：

"将军所到之处，可看到事先均有准备，道路被修整得畅通无阻。"

常光院尧孝的《览富士记》中也有如下记载：

"从将军所经道路的整备状况，可见将军治世安民的恩泽是多么的广大无边。

"宛若阳光照山间，亦似雨露润平原。君恩浩荡无穷尽，莫道东国路僻远。"

文中还写道："为一睹将军尊容"，沿途聚集的人们拥挤不堪，事后"想要离去也无法离去"。

宗长则在《富士观览日记》的结尾处，就今川家接待将军一行的情景补充写道：

"为诸多大名、近侍随从、旁系家臣、文武官员等均准备了行旅服装，雨伞各三十把，民夫三十人，外带相应数量的男佣、白米、炊具、杂具等。

"诸位大名的下榻处，准备了泡澡的木桶二三十个。"

由此可以想象，当时将军出行的情景有多么壮观。

当时，与将军同行者，有以细川持春、细川持贤、山中熙贵、一色持信、山名金吾、三条实雅等为首的大名或公家，以及飞鸟井雅世、尧孝法印等。

柴屋轩在《富士观览日记》中署名为"八旬有余宗长"，由于义教下骏河是在宗长出生前十六年，因此，宗长上文所述，无非是依前人的记录而已。

迎接将军的今川范政是宠爱过少年宗长的义忠的祖父。

倘若说宗长从十四岁始便侍奉义忠，那么，当时的义忠也就是一位二十岁的少爷。但他二十五岁时，即在远江①的盐见坂中流箭

---

① 现静冈县西部地区。

而亡。

《富士观览日记》中有如下一段文字：

"九月十七日，将军一行到达骏河国藤枝鬼严寺。

"下了一会儿阵雨，黎明时分，天气放晴，月亮还挂在天空，将军一行便匆匆上路。同月十八日，抵骏河府。

"当时，小野绳手处于队列最前头，将军在轿中观览，其前后左右熙熙攘攘，队列尾部则尚在藤枝，方圆五里^① 左右的范围内，嘈杂声响彻山河。

"抵达骏河府后，将军立马登上富士观览亭，并咏诗一首：

久闻富士美如画，心怀向往身无暇。
如今亲眼睹雄姿，方觉丽词难尽达。

"从四位源范政则回赠诗一首：

富士山上雪皑皑，日积月累数千载。
仿若少女披轻纱，望眼欲穿等君来。"

雅世和尧孝等也赋诗唱和。不过，富士山上的雪，似乎是来自昨晚下的雨。

尧孝在《览富士记》中写道：

---

① 时代不同，所表示的长度各异，日本近世1里约为3.6—4.2公里。

"骏河国守护今川上总介范政在为将军的到来竭力做好各种准备工作的时候，还一直在心中念祷：可千万要让将军看到富士山顶有积雪的样子。于是，昨晚下了一场雨，变成了富士山山顶的积雪。

"今天，富士山银装素裹的景致，或许意味着富士的神灵也等待着将军的光临。让人感到奇怪和神秘。"

当天，将军"整晚观览月色中的富士山。

秋月高悬罩富士，银光雪色共一体。
举目眺望心神驰，不觉已是夜半时。"

并且"十九日的早晨，将军又赋诗一首：

东方破晓出红日，光芒万丈向富士。
仿若飞来千只笔，绘得雪峰色更丽。

范政回赠道：

富士峰顶雪色红，秀美炫丽映青空。
仿若朝阳藏山后，即将现身展羞容。"

但此时已是深秋，正如以下诗中所云，早晨寒意已浓。

朝霞普照富士山，奇幻美景现眼前。
虽有寒风浸身骨，远眺心痴忘归还。

因此，随行者"便伺候将军戴上棉帽，恰巧此时，富士山顶飘来一朵云，看起来就像是一顶帽子似的"，一时间，大家纷纷将那朵云比喻成将军的棉帽，吟诗唱和。

时至傍晚，将军又吟诗道：

> 人道富士为奇山，但愿此时显灵验。
> 莫让夕阳隐身去，可与皎月共峰巅。

虽说游览富士只是一个借口，但义教却切切实实地观览了富士，从朝霞中的富士，到夕阳中的富士，再到月光中的富士。

植田甚至觉得：实际上，在庞大得有些夸张的观山人群中，真正用心看过富士的仅仅只有义教一人。

二十一日清晨，离开骏河府时，将军吟诗道：

> 晴空万里无云影，富士英姿愈秀清。
> 身欲离去心难舍，频频回首步步停。

然后，再一次远眺富士，吟诗一首：

> 富士峰景美如画，惹得痴狂诗兴发。
> 虽说不谙和歌道，数度吟罢意难达。

范政唱和道：

> 和歌之道益通达，金玉良句数不遏。

144

全凭恩君贤明在,诗坛景盛满目花。

返回京城途中、经过小夜中山时,将军再度想起富士山,并吟诗道:

身置小夜之中山,心中富士频闪现。
峰顶冰雪泛清辉,氤氲朦胧衬蓝天。

行至盐见坂,将军也流露出对富士山的依依惜别之情。

从京都前往骏河府途中,最初看到富士山,似乎就是在这远江的盐见坂。

"远方茫茫云水中,富士山峰体清晰可见,将军深受感染,于是,提笔咏诗两首:

富士常年胸中萦,只闻其名未见身。
今日登上盐见坂,初睹尊容梦成真。
盐见坂上眺富士,如醉如狂又如痴。
何年悄然重返此,再睹尊容遂心意。"

似乎也只有义教一人内心真真切切感受到观览富士的喜悦。

总之,义教亲眼目睹了富士雄姿,且留下了不少诗句。在他的诗句中,有着为看富士而来到骏河的人初见富士雪峰时那种新鲜的喜悦和惊奇。

他确实是以一颗率真热诚之心观览了富士，对和歌显得实在有些外行，瞪着一双好奇的眼。

与将军相比，暂且不说随行的大名、官员们只不过是吟诗作乐的陪坐看客，就连雅世、尧孝也太过忙于更为重要的诗歌创作以讨将军开心——尽管这是御用诗人的习惯——根本无暇顾及沿途的山川、富士，因此，植田更觉得义教率真的诗句显得鹤立鸡群。

雅世在宇津之山曾经想起"曩祖雅经卿"的诗句，雅世的第二个儿子雅康大约在七十年后到小夜之中山观看富士时，同样也想起了"曩祖雅经卿"的诗句，他曾写道："家父雅世卿在翻越宇津之山时，想起了雅经卿的诗句"，雅康还想起了其父的诗句。

书法界有飞鸟井这一流派，飞鸟井似乎也是传承蹴鞠的世家、诗道的名门。雅经曾参与编撰《新古今集》，而独自一人编撰了《新续古今集》的正是这位赠大纳言雅世，他为敕撰和歌集画上了圆满的句号。他的撰著没有二条家撰者的褊狭感，是十三代①和歌集中最为出色的。

当时，和歌所的事务官是法印权大僧都尧孝，尧孝是顿阿的曾孙，在义教游览富士后第一年的春天，尧孝曾随义教去参拜过伊势神宫，并写下了《伊势纪行》。曾给宗祇进行过"古今传授"的那位东常缘，似乎接受过尧孝的传授，成了二条诗学正统学派之师。

雅世、尧孝都属当时一流的诗人，且都曾侍奉于义教的侧近，因此，两人都被选为了同游富士、佯装风流的陪伴。

---

① 敕撰和歌集总共二十一本，也称二十一代集；自第九本的《新敕撰和歌集》到第二十一本的《新续古今集》共十三本，也称十三代集。

146

编撰《新续古今集》的旨令便是在游览富士后的次年下达的。

《新续古今集》中所附真名序、假名序都由一条兼良完成。

撰者雅世本人及尧孝的曾祖父顿阿各有十八首和歌入选，飞鸟井家的曩祖雅经、将军义教则各有十七首入选。在每人入选和歌的数量方面，或许雅世曾煞费苦心。

然而，在《富士纪行》和《览富士记》中，净是歌颂"吾君太平盛世"恩德的词句，对关东持氏毫无言及，若说理所当然，实属理所当然，但不知义教内心对雅世这样的御用诗人到底作何感想？

为了威慑镰仓管领，作为一位将军亲自跑到骏河，由此可见义教刚烈的脾性，但另一方面，和其他足利将军一样，义教也相当器重和歌名人的后裔，且在与他们的吟咏唱和中，独自用心地观览了富士山。

在并不成熟的义教的诗句中，植田感受到了将军的境况和人格。

义教整纲肃纪极为严厉，对幕府宿将、朝臣官员全都毫不留情，让世间感到不寒而栗，结果，招致赤松氏怨恨，并被其杀害。然而，在放纵糜烂的时代，将军独善其身，治理手段的坚决和冷峻，或许与其在富士吟诗现场的表现类似。

义教尊皇之心也相当炽热。

义教游览富士后的第七年，也即永享十一年，关东的持氏受到幕府军的讨伐，被迫于镰仓永安寺自杀身亡。

也是在这一年，飞鸟井雅世花费七年时间，编撰完成了《新续古今集》。

而在次年，发生了嘉吉之乱，义教被赤松满祐杀害。赤松满祐以庆祝平定关东的名义邀请将军到场，宴会只进行到一半，便突然袭击了将军。

义教之子义胜得到细川持之的辅佐，被拥立为新的将军，但仅仅十岁就病死了，据说得的是痢疾。

义胜的弟弟义政八岁继位，之后第二年，十六岁的细川胜元成为管领，将军十岁。

就这样，迎来了东山时代，并招致应仁大乱。

义政是自尊氏以来的足利第八代，倘若将义满视作初代将军，义政则为第六代将军，至五十五岁去世，他恶政不断，沉溺于骄奢淫逸，在战乱、暴乱、饥饿、瘟疫等时有发生的所谓"黑暗时代"中，让"东山文化"开花结果。

义政之子义尚似乎是为引发应仁之乱而生。

义政同样将"将军"之位让给了年仅九岁的义尚，但义尚年纪轻轻便辞世而去。第二年，义政也告别了人间。

由义满、义持、义政逐渐建立起来的足利幕府的全盛时期，因义政的离世而分崩离析，义尚之后的将军，全都被"下克上"所翻弄，沦为漂泊流离之身。

由于义尚没有子嗣，义政便让弟弟义视之子义稙继承了义尚的将军之位，而且之前，这位义视曾与义尚争夺过权位，从而引发了应仁之乱。

义稙成为将军后，立马出击近江和河内，但由于一起出征的细川政元叛变，义稙被俘，幽禁于山城之寺。

政元拥抬出堀越公方之子义澄。义澄十五岁成为了将军。

前将军义稙逃往越中，得到越前朝仓氏的援助，再次攻到近江时，被幕府军打败，后投靠大内义兴，流落到遥远的周防。受义兴拥立，得以进入京都，再次成为将军。

此次轮到义澄被迫逃离京都，在企图再次回到京都的过程中，毙命于近江的冈山城，时年三十三岁，其子义晴才刚刚出生。

然而，不久，义稙将军也因无法忍受细川高国强横凶暴的言行，不得不弃京都而去，后死于阿波。

义晴被去年尚是敌人的高国迎入京城，成为将军，但后来因战败，仍然是在近江穴太命归黄泉。

义晴的长子义辉与父亲一起逃往近江时，十一岁承继了父亲将军的职位。但义晴死后，敌方的细川氏纲将义辉迎回了京都，但政治的实权却掌握在细川管领的臣下三好和松永的手中，义辉徒有将军之名，因此，他企图找回昔日的威权，最终却遭到松永久秀等人率军袭击，重整幕府的壮志未酬，便殒命沙场，时年三十岁。

三好、松永等将义晴弟弟身居阿波的儿子义荣迎入京都，立为将军。同年，织田信长拥戴义晴之子义昭，攻向都城，义荣于是逃到摄津的富田，并患疖肿病，二十九岁便与世长辞。

足利最后的将军义昭也被信长追迫。

历代将军之所以会遭遇如此凄惨的命运，且全都死于非命，人世间也是战乱不断，其祸根全都在于尊氏的大逆不道。

"狩野正信活到九十七岁，雪舟活到八十七岁，在那么混乱动荡的室町时代，艺术家们却大体都能长寿。联想到足利将军们短命而亡，总觉得有些不可思议。传说义尚二十五岁去世的那年，有一位名为青松院春盛的修行者竟然活到了一百七十二岁。"

植田从吐月峰返回途中对学生说道，

"柴屋寺的宗长也活到了八十五岁。读他八十多岁写的《宗长日记》可以知道，他虽年事已高，但还在料理耕种草庵庭院等处的田地；去小田原和热海小憩；让落发为僧的年轻盲人演唱净琉璃，一边喝酒，一边赏月。头脑并未糊涂。八十岁还曾去过越后旅行。藤泽游行寺的由阿受关白二条良基之邀，为讲授《万叶集》顺东海道而上也是在七十七岁那年呢。这位良基活到了六十九岁，一条兼良活到了八十岁，三条西实隆活到了八十三岁，还有梦窗国师活到了七十六岁，一休和尚活到了八十八岁，今川家的了俊活到了九十六岁，给宗长进行过'古今传授'的东常缘活到了九十四岁高龄。了俊和常缘都与东海道有着很深的缘分哟。能剧的世阿弥活到了八十一或八十二岁，幸若舞的幸若丸也活到了七十八岁。"

另外还有：顿阿活到了八十四岁，正彻活到了七十九岁，牡丹花肖柏活到了八十五岁，宗鉴活到了八十九岁，宗二活到了八十四岁，土佐光信活到了九十二岁，狩野元信活到了八十四岁，兆殿司活到了八十岁，雪村活到了八十六岁，金属工艺品制作家后藤祐乘活到了七十三岁，后藤宗乘活到了七十八岁，莳绘①师幸阿弥道长活到了七十一岁，那位四世宗王活到了七十六岁，等等。长寿的人颇多，数不胜数。

倘若加上画僧和诗僧，长寿者则更是不计其数。

有一位名叫了庵桂悟的禅僧，曾以八十七岁的高龄，作为幕府的使者西渡明朝。

---

① 漆工艺技法之一，产生于奈良时代，以金银屑加入漆液中，干后做推光处理，显示出金银色泽，极尽华贵，时以螺钿、银丝嵌出花鸟草虫或吉祥图案。

他曾从明武帝处获赠金缕僧伽黎，接受任其为育王山广利寺住持的诏书。就连王阳明也亲切地登门造访。明朝人敬慕他的高德，因此，他归国前，精于文儒的公卿缙绅们纷纷赋诗与他饯别，而诗前的序文则为阳明所作。

归国第二年，也即永正十一年，桂悟以九十岁的高龄与世长辞。

当时，幕府正在上演义澄、义稙两方武将你争我斗的好戏，其结果，义澄尸陈近江，不久，义稙也命丧阿波。

在此前后约十年间，活到超过八十岁的高僧俯拾皆是，雪舟八十七岁，禅杰八十八岁，玄树八十二岁，日应八十五岁，文英八十五岁，日祝八十六岁，桂悟九十岁，尊通九十岁，澄惠八十五岁等。想到此，植田内心不知为何有一种风平浪静的感觉。

当然，任何时代都有僧侣长寿，因为不达高寿，就不具德风。但上述长寿者，或许是因为他们生活在政治动荡、社会骚乱的室町时代，所以，显得格外引人注目。

然而，室町时代艺术家们的长寿虽说给植田的心田照进了一束光亮，但这束光亮清冷而凝重。

"在实隆的日记中可以看到，宗祇啊，是在义尚将军死于近江的第四天去中国地区①的山口旅行的。已经听说了明天义尚的遗骸会回到京都，但他还是未等其到来，便出门远游了哟。实隆没有写宗祇心中具体是怎么想的，但可以想象得到宗祇的所谓旅行啊，或许是一件残酷的事情呢。当时，他已经六十九岁。"

植田说道。

---

① 日本本州西部山口等五县所处地区。

《实隆公记》中有如下一段文字：

长享三年，"三月二十日，戊寅，晴。有关大树（将军）的谣言漫天飞舞，令人黯然失魂。入夜，降雨，宗祇法师来访"。

但文中所述"三月二十日"的前一日，义尚的病况已迫近危急，其妻也已赶往近江。

义尚二月初患病。

三月"十日左右始，病况已恶化得颇为严重，就连清淡的饭菜，也都不愿再瞥一眼"。

二十一日，观修寺大纳言从近江归京，向宫廷报告了将军的病情。

二十四日，宗祇到实隆府上，讲授定家的《咏歌大概》，实隆赠与其留有伏见殿御笔墨宝的折扇，为其去中国地区旅行饯行。

也就在同一日，义尚在近江的军阵中，染黑了牙齿，其妆容看似即将就要死别。

二十五日，宗祇给实隆寄送了眼药珍珠散。

宗祇也曾给实隆寄送过眼药龙脑散。

当晚，京都雷雨交加，而近江"恰巧此时也是突然电闪雷鸣，风雨声异常猛烈，史无前例。人们都说不可思议"。

就在如此暴风骤雨中，死神迫近了年轻俊美的将军。

翌日，也即二十六日接近中午时分，将军咽下了最后一口气。

当天，消息流传到京都，进入实隆的耳里。

二十七日，宗祇等聚集到实隆府邸，谈论了有关将军去世的街谈巷议，似乎是准确无误的事实。这天，宗祇也给实隆送来了眼药。

第二天，宗祇为前去中国地区旅行到实隆家告辞。两天后的二十九日，宗祇启程。

三十日，义尚的棺椁回到京城。

实隆较义尚正好年长十岁，当年，三十五岁，但身患眼疾，二十九日请来医生，被诊为"内障"。对此，日记中有明确的记载。

两年前的十二月，实隆曾奉后土御门天皇旨令，下钩里慰问出征近江的将军。

二日日出时从京都出发，自坂本渡过琵琶湖，傍晚时分，抵达将军的营房。义尚像是患了感冒，闭门不出，不想见任何人。实隆送上天皇的诗句：

> 钩里乱军舞旌旗，天下动荡无宁日。
> 君奉使命扎营驻，勾心斗角定平息。

手捧天皇的诗句，义尚深感皇恩浩荡，诚惶诚恐，于是，面见实隆，并和诗一首回赠天皇。

> 钩里勾心斗角地，指日徒有虚名已。
> 为臣有幸仕君世，赴汤蹈火亦不辞。

实隆抵达钩里后的第二天，才得到了进入义尚营房逗留的机会。四日太阳下山时分，渡过琵琶湖，当晚宿留坂本。第二天早晨，本打算离开坂本回京，但在支贺八幡神社①前殿，受雨森丰前守兼清之邀，把酒尽欢，结果喝得酩酊大醉，直到斜阳西下，才如在梦中一

---

① 现滋贺县大津市境内。

般，迷迷糊糊地回抵京都。

稍事休息，入夜后，实隆换上便服直衣，去宫中向天皇奉上义尚的诗笺，并禀报近江的情况。

即便是像权中纳言侍从、朝臣实隆这样忠心耿耿、恭敬勤恳的人物，进宫时也是如此衣着随意，由此可见，这是一个对天皇颇为"失礼"的时代。

从现今世人的眼光来看，义尚将军的灵柩回到京都的当天，实隆的行为也相当奇怪。

得知"大树将军的灵柩今日返京"的消息，并非是接到了幕府的通知，而是源于市井传闻。因此，权大纳言实隆在日记中写道："为一睹将军灵柩，跑到近卫一带，观看。"

以现今的感觉来读解"观看"一词的意思未免冷酷。但不管怎样，站在路旁等候将军灵柩到来的时候，雨越下越猛。于是，实隆便"暂时进入山科宰相处，小酌一盏。滞后在途中，与日野一品等人碰面"。

由此可见，前来"观看"的公家们似曾偶遇结伴。

行为上看似毫无规矩，实则颇为逍遥自在。

此乃时代风俗使然，与实隆的人品好坏毫无关联。

实际上，看到义尚的灵柩时，实隆泪流不断。

义尚和实隆在和歌等"文雅之道"方面交往密切，关系颇深，乃至于这种交往和关系也成为了朝廷和幕府、公家和武家之间沟通的纽带和桥梁，因此，对于义尚的去世，实隆确实从内心感到伤悲。

实隆一定回想起了将军曾经在近江的军营中，将和歌系缚在大雁的翅膀上寄送给自己的事情；回想起了自己从京都到近江访问时，曾经得到过将军非同一般的款待和照顾。但与此相比，更让人好奇的是，回首将军华丽而短暂的一生，实隆的内心究竟作何感想？

关于义尚的死，宗祇和实隆又有过怎样的对话？

义尚去世前后，宗祇曾四次到访实隆府邸。当时似乎是为了口授《古今集》。去中国地区旅行时，宗祇也曾到实隆处告辞。从早前开始，到实隆家串门就并非罕事。因此，在义尚去世前后的这四次访问中，或许也有一次是因为听到了来自近江的讣闻后，急忙跑到实隆处的。

至少，两人会面时，一定会聊到义尚的事。

植田之所以突然想知道关于义尚的死宗祇和实隆究竟说了什么，是因为宗祇明知义尚的灵柩即将回京，却毅然决然地出门旅行去了。

当时，各种文学艺术流派都会先汇集到宗祇、实隆处，然后再由此流传开去，由此也可以推断，两人理应都是德高望重、视情若金的人。

然而，"宗祇为何不能延迟去旅行呢？再多等一天，就是义尚灵柩回京之日啊。较之实隆喝上几杯酒后，再去'观看'义尚灵柩回京的行为，我倒觉得宗祇更为让人觉得不可思议。"

植田说道，

"我不知道是否有什么特殊的事情，使得宗祇不能延迟旅行出发日，但即便有再大的事，也不可能大过曾经给予自己恩宠的将军的死。更何况据说宗祇去山口旅行，是为了到大内家讲授文学呢。即便是说将军和连歌师之间身份的高低仿如云泥，不能亲身前往吊唁或是敬上一炷香，我想，像实隆那样，去迎接将军的灵柩到来，暗自祭拜一下也是可以的吧。"

宗祇早前出席室町殿①的连歌会，得到幕府的赏识和重用。特别是义尚在去世前一年的三月，推举宗祇为连歌会所执行官，四月还将宗祇招至近江营地讲授《伊势物语》。该讲座分为八次。得到连歌会所执行官的任命时，为了推辞，宗祇也曾去过近江。

就是这样一位对自己恩重如山的将军的灵柩即将回京的前一日，宗祇出行远游了。

然而，上杉家定昌去世的时候，宗祇却远赴越后吊唁。即便是在近江营地给义尚讲授《伊势物语》时，也是对恩人的去世满怀悲伤。

宗祇似乎是在升为北野和歌会所的执行官、四月五日举办过盛大的和歌会的喜悦中听闻了定昌的死讯。九日到访实隆家，实隆对北野会所的开张表示祝贺，但宗祇却说，因定昌去世，自己要去北国。

宗祇似乎无论悲喜，都会去见实隆，特别是这一天，两人的谈话深切而沉重。

上次去越后，就曾因病倒而心力交瘁，此番再下北国，宗祇已是六十八岁的高龄，与实隆再会难期，因此，以至于道出心声：倘若自己一去不回，一定要将《古今集闻书》等转让给实隆。实隆也掉下了眼泪。宗祇回去后，实隆头痛得厉害，且引发了呕吐，一下子病了十日左右。既不能赴禁宫理事，也不能入浴冲澡。

---

① 足利将军家宅邸，因正门面向室町通大道而得名。室町幕府由此而来。也是足利将军的别称。

即便如此，十日、十一日两天，宗祇也连续到访实隆府邸，商谈如何化缘向上杉定昌捐赠《一品经》为其祈祷冥福的事情。实隆也被宗祇的哀恸之深所打动。

五天后的十六日始，宗祇在钧里之阵讲授《伊势物语》八次，《连歌百韵》每次五十韵，共讲授两次，深得好评，十分荣耀地回到了京城。五月四日，宗祇到访实隆家，报告近江之行的情况，九日出发去越后，回到京都已是九月三十日。

义尚的死则是在翌年的暮春。

义尚的遗骸回归京城的前一天，宗祇前去中国地区旅行，接着再往九州，回到京城时已是秋末。

终于，迎来了义尚去世一周年祭日，实隆仍觉"如梦如幻，愈发悲从心起，泪水涟涟"。宗祇也以自己独特的方式寄托对义尚的哀思。

宗祇先是抄写了"四要品"经文，即《方便品》《安乐行品》《寿量品》《观音品》，然后，请与义尚有过笔墨之交且位阶较高的公家们，在第一页的里侧写上自己的诗句。每本经文写入了两三人的诗句，加上宗祇，共写入了十人的诗句。

忌日当天，也即三月二十六日，宗祇将这些人招至自己的草庵"种玉庵"，吃完斋食后，再念读经文，互相讲评各自的诗句，还有平调小乐。虽说简朴，却也是格调颇为高雅的法事。

法事结束后，仍旧交杯换盏一番，由于故人也曾好酒，因此，无需节制，结果，全都酩酊大醉。

就此，实隆也曾写道："庵主的盛情厚意，实为难能可贵。"

宗祇看似置义尚的死于不顾，毅然决然地远赴中国地区旅行，但实则一路上，无疑对有恩于己的将军的离世悲痛不已。

或许，六十九岁的老法师宗祇觉得，即便是像实隆等公家们那般站在路旁迎接了将军的遗骸，又能怎样呢？

现在一边缅怀故人，一边旅行，早晚会有静穆沉思祭奠故人之时。

宗祇四年前整理完成了第二本连歌集《老叶》，去年编撰了《水无濑三吟百韵》，五六年后，又向皇上呈上了《新撰菟玖波集》。也就是说，正当他作为诗人的人生迎来圆熟期、幽玄之心日益寂寥时，看到了义尚的死。

宗祇曾吟咏道：

> 花上夕露透晶莹，瞬间滑落去无影。
> 如梦幻灭扼腕叹，明日春景似遗凭。

宗祇所写诗句并非仅仅只有对人生的哀叹，还有对乱世的感叹。

"世间日益走向趋炎附势、工于心计、欺诈虚伪、罪不受罚、相互倾轧的末路。莫道嬉怡与人语，笑里藏刀尤可惧。"

> 冥冥之中问苍天，赤条此身自何现。
> 前路茫茫多坎坷，谁人指引可为鉴。

而下面这首诗，似乎就是宗祇人生的写照。

> 来生亦将独自行，漫漫长路漂无定。

何人能解暮老心，万里青空云孑影。

之前，宗祇曾下周防，渡筑紫，也曾记录下在香椎海边的所见所感。

"贝壳随浪而动，被拍打到岸上，无忧无虑；被拽回大海，无惊无喜。世间一切没有比有生命力的物种更为悲哀的了，苦乐皆愁。若明此理，岂会道称羡慕贝壳？"

就像是一首充满哀愁的歌，因此反倒削弱了无常观。但战国时期，宗祇之所以对古典矢志不渝，其诚实态度中，或许正是因为有了这种对人生冷酷、彻底的认识。

较之宗祇，实隆是一位十足的现实主义者、乐天派。义尚去世那年，他尚年轻，只有三十五岁。

然而，实隆从十三岁到二十三岁这十一年间，正值应仁大乱。也就是说，他是在战场似的京都，度过了自己的少年时光和青春岁月。因此，他不可能不背负内心的伤痛。

他亲眼目睹了皇室到幕府避难、后花园院的驾崩、帝都的荒废、公家的流离、秩序的紊乱、民众的穷困以及将军义政和夫人富子的恶政、骄奢、横暴。

公家们献媚于幕府、攀附于武家，无为无力，随波逐流，以至于心灰意冷。在现今的人们看来，反倒显得出奇的逍遥自在。实隆也未跳出当时的风习。不过，对于较自己年轻十多岁的义尚，实隆理应也抱持着一种复杂的心情。

义尚就像是一朵盛开的妖艳的花朵，招致了战乱时代的到来，诱发了足利的衰灭。

植田也曾由那本《常德院御集》而想起《金槐集》。

相较于实朝《金槐集》的雄健，义尚的《常德院御集》不过就像是一片纤弱、泛黄、被虫咬蚀过的叶子。比如，在义尚较为罕见地模仿万叶调所创作的下面这首诗中，就十分清楚地体现了这一点。

驹马山前排成排，蹄声响起草丛开。
前方浅茅尽头处，雾气弥漫景不再。

读此诗时，很容易联想这样的诗句："莺声呖呖啭不停，樱花朵朵自飘零。"义尚的《常德院御集》就是这样一本平易近人、歌唱灵魂的诗集。

集中所收义尚的诗句，最早写于文明十三年，为他十七岁时所作。尽管乳臭未干，但即便是在诗道业已走向末世的室町时代，也的确不乏古典诗作的气韵和品格，初显天分和聪慧。

不用说，比义教等人的诗作也要精巧得多。

倘若将定家等《新古今集》的歌人们与义尚的和歌之师飞鸟井荣雅、雅康相比较，也会对《常德院御集》满怀同情。

被飞鸟井家视为"曩祖"的雅经，是《新古今集》的编者之一，在《后鸟羽院御口传》中，获赐以下一段评价：

"飞鸟井雅经是一位特别用心作诗之人。虽说独具风格的诗句并不多见，但技法娴熟。"

然而，在招月庵正彻看来，"雅经虽被列入了《新古今集》的五位编者之中，但年岁尚轻，完全是一位经验不足的新手，因此，仅只是名字被列入了而已。这也是为什么现在的飞鸟井家家书中没有相关记载的原因之所在。

雅经喜欢优秀的诗句，所以，也犯下了一些不该犯下的错误，不知需避开与他人类似的想法和表现，在自己的诗作中，过多地引入了他人的词句。

雅经是定家的门徒，以至于飞鸟井家世代都有了二条家门徒的名分。飞鸟井家只是在诗会等场合吟诗时所采用的书写方式为'三行五字^①'，其他规矩与二条家完全相同。"

对飞鸟井家的传统予以激烈但却是合情合理批判的《正彻物语》，对定家的崇拜则贯穿始终，开篇处便写道：

"身处和歌之道，却藐视定家的人们，不会得到神灵的加护，一定会遭受惩罚。"

之后，又写道：

"明知无法企及，也要憧憬、学习定家风骨，这才是正确的态度。或许因此会有人说，那就像'向上一路'，即禅宗所言的不可思议的彻悟境界，不是凡人所能到达之处，我辈的目标，只是想为后人树立一种和歌的歌风。然而，在我看来，修道须修最上之道，或许这样，勉勉强强才能得到中等之道。即便无法企及，也要以最高处作为努力的方向，最后不能如愿，或许也能登至半山。"

招月庵堂厅上方还挂着定家的肖像。

《东野州闻书》中，也有这么两句诗："和歌峰顶一枝花，千古风流数定家。"

---

① 日本和歌、连歌等在吟诗专用纸"怀纸"上时，一般分写为三行，再加一行为三个字；飞鸟井家三行再加五个字，即"三行五字"的写法，被视为异端。

161

《兼载杂谈》中则有如下一段文字："招月和尚阅尽所有诗书后，对定家、家隆的《五十番歌合》爱不释手。"

兼载还写道："以前举办和歌歌会时，供奉的是人麻吕的画像，至后鸟羽院时代，也有人供奉俊赖的画像。不知从何始，举办和歌歌会时供奉的画像非此二人不可。"

从兼载的言辞中可以推断，或许当时也有人供奉过定家的画像。

在室町时代，定家被认为是可与人麻吕齐名的"诗圣"。

心敬曾在《私语》中写道：

"古人云，后鸟羽院时代，涌现了无数超越前人的诗圣，他们在诗歌方面做了各种探索，达到了无人可及的高度。然而，之后不久，即自嵯峨天皇时代始，不仅诗歌的言语如叶露失去了色泽，诗的内容也如花朵失去了香味。"

在《老来絮语》中，心敬还写道：

"《万叶集》产生的时代，文字尚未定型，因此，学作和歌，不能以'万叶'为本，生搬硬套。……只有《古今集》可视为学作和歌的镜子，即便如此，也应有所取舍。……《古今集》中的和歌，离现世已颇为久远，所以，不能毫无戒备，囫囵吞枣。……只有后鸟羽院时代，一切都趋于成熟，涌现了无数能编撰诗集的诗仙，成为诗道上永远的灯塔，诚乃诗神问世之时。"

心敬之所以将后鸟羽院时代仰尊为"神圣"的时代，是因为他有一颗室町时代的诗心。

然而，在正彻等人看来，"后鸟羽院的和歌，能到达人们心灵的第三层，却不能到达第四层"。定家和慈镇的和歌，更能深入人们的内心。未见被后鸟羽院和歌精神深深感动之人。

心敬曾说道："后世的人们，无论你天生多么有灵气，但倘若你直接接触的是水平不高的前辈，并接受其不正确的教诲，也只能得到蹩脚之名。"

义尚也未能逃脱心敬所言这一"末世"的厄运，其政治理想、对和歌的热情都不过是一场可怜的幻梦。

年轻时，读吉野朝宗良亲王的《李花集》，织田曾止不住悲泪滂沱。稍稍年长后，也曾被《常德院御集》感动得流下了一掬愁泪。

但较之亲王的征旅漂泊，义尚出征钩里等只不过像是偶人节的人偶。

正冈子规曾写道："无论你怎样贬低作为政治家的实朝，但到底不应隐没其万叶之后唯一一位真正的和歌诗人的荣誉。何人比肩人麻吕，征夷将军源实朝。"

义尚却没有实朝这般幸运。

究其原因，难言仅只天赋有别，在植田看来，那也是他们各自所处时代的宿命。

实朝十八岁时，定家曾写过一本《近代秀歌》送给他。书中写道：

"词语尊慕古风，内容追求新意，心存最高理想，以宽平之后的和歌为模本，或许就勿须担心好的和歌不会自然咏出。"

所谓宽平①是指宇多天皇时代，当时，纪贯之等尚年轻，或许定家所指是较纪贯之更早出现的业平、小町等六歌仙时代。

《吾妻镜》中曾记载：实朝二十二岁时，从定家处获赠《万叶

---

① 889—898年。

集》，兴奋不已，仔细端详，并感叹"至宝，莫过于此！"

正是基于此段记载，再参照定家《明月记》中的相关记叙，植田才在《东海道交通年表》中，写下了以下条目：

"顺德天皇建保元年十一月，也即皇纪一八七三年，藤原定家世代相传的秘藏《万叶集》顺东海道下镰仓，八日从京都出发，二十三日到达镰仓，当日，呈送给大江广元、源实朝。"

相隔一百五十三年后，吉野朝正平二十一年五月，游行寺的老僧由阿受大臣二条良基之邀，从镰仓前往京都讲授《万叶集》。

以上是中世时期非常引人注目的两次"万叶之旅"。

"万叶"研究的开拓者仙觉在东国出生那年，正是实朝十二岁、升为将军之时。

倘若实朝能尽享天年，能与仙觉一起畅谈"万叶"，那么，实朝"万叶"风格的和歌、仙觉的"万叶"研究，或许都能获得更为卓越的成就，且能涌现出后继者，为镰仓文学涂上新墨浓彩。

抛却幻想吧，现实的遗憾和悔恨是，哪怕实朝"在东国"再多待十年，不，哪怕仅仅只是一两年，日本历史上，或许就不会出现"山裂海枯①"般非正常时期的污点。因承久之乱，三位天皇被流放到遥远的离岛，便是在实朝去世后的第三年。若是实朝在世，就不可能发生这样的事件。

被北条氏的阴云所覆盖，实朝成为了历史上一个不为人所知的谜。但检证实朝是如何拜察后鸟羽院内心的，或许可视为解开这个谜的一把钥匙。

---

① 原文为"山はさけ海はあせなむ世"，也即"山裂海枯，异常的人世间"之意。引自实朝的和歌"山はさけ海はあせなむ世なりとも君にふた心わがあらめやも"。

164

不管怎样，或许不能不说，东海道成为流淌着皇政复古史的悲泪之道，就是始于实朝的死。

京极家的为兼向皇上呈献《玉叶集》的时候，二条良基尚未出生，据说其之所以能听由阿讲授《古今集》，是因为与冷泉家的为秀关系亲密。

然而，二条良基却更多地师承了二条家流派的顿阿的诗风。

在连歌方面，良基的前辈中有喜好"万叶"的善阿，但由于编撰《菟玖波集》时得到过偏好《古今集》之后和歌的救济的协助，受其影响，良基也同样倡导连歌等诗的"词语，应一如花中挑花，玉中寻玉一般，优中选优"。

他认为上古的连歌，虽说内容的确不错，但词语缺乏修饰，因此少有趣味。镰仓时期的连歌也是毫无灵性，纯属噪音。

本来连歌界就将良基视为中兴连歌的鼻祖及创立者，正是因了良基等人的努力，连歌才在室町时代得到了蓬勃发展。在此之前，连歌尚是离开和歌无法独立存在的艺术。良基等人有关连歌的思考也大抵与和歌相同。

良基编撰《菟玖波集》时三十七岁，编写《愚问贤注》时四十四岁，聆听由阿讲授《万叶集》时四十七岁。无疑尚在相当年轻时，良基就对《万叶集》有造诣。《万叶集》中的和歌萦绕在良基的胸中也已经有了颇为漫长的岁月。

然而，若是对照良基自身的诗作，由阿的讲座似乎大都归于徒劳。

不过，良基豪迈的性格，到底不能被二条流派的诗句束缚住手脚，或许正因为如此，良基才对开辟连歌的新天地倾注了非同寻常的热情。

据说良基一生中阅评他人的连歌超过五十万句。

身处摄政关白要位，但无论身份和地位怎样卑贱的人，拿来作品请求批评指正，良基都概不拒绝，即便是夜晚前来相托，他也会让身边的官吏们先行就寝，独自一人在殿上人点亮的纸烛下，予以批点。

> 明月静宿沢田川，鹔鸟一只冰上眠。
>
> 东方破晓微光现，倏然振翅向云天。　　　（顿阿）
>
> 侧卧草丛头枕手，枯叶清香绵悠悠。
>
> 忽觉一阵寒风起，身心已适何堪愁。　　　（兼好）
>
> 港湾冰封寒气浓，芦苇枝叶霜色重。
>
> 渔村吹来阵阵风，吱嘎窸窣起噪动。　　　（净弁）
>
> 山下平地结小庵，自给自足乐陶然。
>
> 每逢夕阳余晖至，云雀起落频呢喃。　　　（庆运）

以上四位诗人当时被称为四大天王，对于有些古音古味的庆运的诗风，良基曾评价道：

"庆运诗作崇尚个性，朴素静美，稍兼古韵，让人想象飞跃，音留耳底。"

不愧为良基，对庆运的诗风理解深刻。然而，对于年代有些久远的镰仓右大臣实朝，良基等人的味觉却有些失灵。或许因为实朝的作品过于夸张粗放。

良基的恩师顿阿在《水蛙眼目》中写道：

"镰仓右大臣、常盘井道长大人实氏均为京极殿定家的高徒，右大臣的诗作一如历代敕撰集中所见一般，陈旧老套，与前人大抵无别。常盘井大人的诗作甚显正道。"

文中对实氏赞美有加。

实朝的诗作雄劲沉重，充满悲壮之感；顿阿的诗作则优雅静寂，不乏妖艳之美。两者特点完全相反。而室町时代，盛行顿阿之风。

室町时代的人们，只知道"京极中纳言曾赠给镰仓大臣一本书"，实朝似乎也仅只是作为定家曾赠授过《近代秀歌》的弟子而被人们所认知。

不知将军义尚是否阅读过《金槐集》？义尚理应对曾为将军的实朝感兴趣。

昭和四年五月，佐佐木信纲博士发现了定家所传的《金槐集》，从书末所附日期可知，书中所收实朝的作品，截止于其二十二岁那年的十二月十八日。

实在是令人瞠目结舌。

从前，有人认为实朝"万叶调"的诗作，源于定家所赠《万叶集》的影响，但佐佐木信纲博士的发现，完全颠覆了这一传统看法。定家秘藏的《万叶集》抵达镰仓，是在实朝二十二岁那年的十一月二十三日，距离《金槐集》成书仅一月有余。

通过定家本《金槐集》可以十分清楚地明白，在定家赠与实朝《万叶集》之前，实朝或许早就持有了《万叶集》，或是读过各种诗学书籍中抄录的《万叶集》和歌，从而创作出了"万叶调"的诗作。

虽说定家教导过诗作词语要"尊慕古风",但从当时诗歌流行的潮流来看,实朝一举情绪激昂地魂驰"万叶",并非谁人引导所致。

就连同一时期身处东国、开辟了"万叶学"研究的历史、尤爱"东歌"的仙觉,也称自己的诗作,只不过是对"京风"作品的模仿而已。

另外,定家即便崇尚古风,但作为肩负着"新古今"这么一个时代的使命的大诗人,不管怎么说,也有着很强的"当代"自负感。首先,他独具特色的唯美诗风,与室町时代的古典主义也有着显著不同。

定家究竟在何种程度上认可了实朝的"万叶调",值得怀疑。他曾大肆赞扬《愚秘抄》《桐火钵》透着"无人能敌的风骨",但经考证,这两部作品都非实朝所作,而是他人假托实朝而作。

定家偶尔或许会对实朝的诗作感到惊奇,但这也许只是一位真正的内行与一位不错的外行相遇时感受到的惊讶,就像是被闪电吓了一跳,不会持续多久,更不会深入内心停留。

定家在《新敕撰集》中,收录了实朝的的诗作二十五首,而后鸟羽、土御门、顺德这三位天皇的诗作却一首也未被选入。就此,历来有不少人对定家的人格进行了中伤。作为承久之乱发生后的敕撰集,或许有出于政治等方面的考量,但与定家齐名的藤原家隆却终生仰慕身处遥远离岛的后鸟羽天皇。

有人认为,定家之所以在《新敕撰集》中超乎常理地大量收录实朝的诗作,是为了向幕府献媚,然而,该书成书是在实朝死后,因此,或许也是出于对实朝的哀惜。

不过,《新敕撰集》中所录实朝的诗作,皆为"新古今"式的风格。这是否就体现了定家的"实朝观",尚存疑虑。

在《新敕撰集》中,定家致力于达成自己的理想,即便是对实朝"万叶调"异样风格的作品有所了解,也未必不会从实朝的作品中专门选择与"新古今"以后的流行风格相一致的诗作。尽管如此,其中也依然包含了定家看待实朝的心境。

定家到底是一位彻底追求王朝传统的宫廷诗人。可以说,室町时代人们对定家的景仰其深层原因之一也潜藏于此。

"即便世间一切皆已衰落,九重门所围的宫中神圣威严的样子仍旧妙不可言。"

正是有这样的心理作祟,宫廷诗人定家才成为室町时代人们眼中赞美的对象。

定家就像是一面镜子,对时代细微的变化也会做出十分敏感的反映,以致其所谓的个性就像被织进绸缎的一根丝线,变得模糊不清,难以辨识。

自然与实朝超越历史和环境的鲜明姿态不同。

实朝的诗作,似乎也是在其自身都莫名其妙的状态下迸发出来似的。

正彻曾言道:"一觉醒来,倘若想起定家的诗作,便会有一种精神错乱的感觉。"

不愧为定家的"忠实信徒",此乃执着于学习研究定家,经过千辛万苦才可吐出的肺腑之言。

虽说是为修炼诗歌之道而呕心沥血的正彻的言语,却也与定家的命运紧密相通,让听者感到凄美战栗。

这也是为某件事殚精竭虑的人痛切的呻吟。

定家的诗作史无前例般地极尽技艺，是苦心思虑、全心憧憬而又难以如愿之人的内心极限。要了解这一点，对植田来说也有些困难。

日本的中世纪就像寒冷冬日的夕阳一般，在定家等人的灿烂辉煌之中开始西沉。

日本的人民，即便是世事衰微，也会静守魂灵，沿着一条坎坷之路，精进前行。

"想要非难定家"是一件十分容易的事情。明治后长大的植田等人就像是蹦蹦跳跳地走在阳光之下，忘了系紧已经松垮的和服腰带一般，无意中丢失了许多东西。

植田曾经将定家和实朝优美的诗句抄录给学生们看，并问哪句更好。植田并非是真正想知道学生的答案，只是想告诉他们：定家是古典正统的诗人。

不用说，学生们即便是喜欢西行，也是连慈镇也难以读懂。植田心里常想，他们生在了幸福的时代。

定家曾写道："与人同样，诗歌也是随着世间的变化而兴衰。《万叶集》出现在上古时代，那时，人们的内心十分澄净，现在的人们即便是想要学习模仿，也难以企及。特别是初学者，绝不可自作主张，学咏古体诗。然而，倘若经过多年的习修，自己的诗风业已确定，仍然不解'万叶'，那么，这样的诗人未免就太无下限。"

当时，俊惠认为："'万叶'满是幼稚"；显昭则主张："'万叶'体现了和歌的本质"。定家对两者都不予苟同，这一点，反倒显示出了定家的理智和真诚。

定家认为，所谓好的诗作，应该"超越政治，不滞于物"。对于古典的美，定家了解得十分透彻。

定家与传统有着千丝万缕的联系，现今崇尚无学识的自由，想要理解定家大体无异于痴人说梦。

倘若室町时代的人们看了现今对定家和实朝的普遍评价，或许会哀叹"诗道已灭"，伤心过度而死。

> 海上不绝轰隆隆，烟波浩渺浪汹涌。
>
> 前赴后继向岸礁，粉身碎骨沫飞纵。
>
> 父母悠悠爱子心，千年万载难诉尽。
>
> 野兽天生不能言，惟此动容情难隐。

实朝这样的诗作，一直要等到大约七百年后，才获得很高的评价。

实朝的诗作，"音调高昂，意境雄浑，不知为何未获后人倾心？或许因为后人仿若身处井底，且习读的是后世略带脂粉气的作品，所以，看到仿佛置身于广阔天地之中的男子汉充满阳刚之气的诗作，便突然没了兴趣"。

贺茂真渊如此礼赞道。

"正是此大臣（实朝）的诗作，其气势仿如一条长龙，踏碎深山峡谷的石墙，奋勇而出，直冲云霄；也似一阵大风，吹倒平原大地一草一木，吹散山间层层云雾，一往无前，不可阻挡；恢复到了古代雄健、风雅的本来面目。由此，让人十分清楚地明白了：不能豪迈地直抒胸臆，并非古代神皇之道；雄健、风雅的作品，方可称之为大丈夫之歌。"

然而，真渊的诗论及其对具体诗作的鉴赏之间，仍然横亘着一道中世纪传统的残垣。

现今的人们识破了真渊"实朝论"的本质——用与定家相类似的方式感受实朝"万叶"式的诗风。

传说实朝似乎预感到了自己即将遇难，拜谒鹤冈八幡宫当日，他一边让宫内公氏帮忙梳理鬓发，一边拔下一根头发递给宫内公氏，并吟诗道：

> 纵令主人骤然去，徒留一屋满空虚。
> 但愿檐头梅花树，来春绽放和风徐。

此诗过于老套，以至于有人怀疑并非实朝本人所作，从中可窥见多首古诗的影子。但它包藏着实朝的心声，这一点，反倒使其并非没有存在的价值。传统淡化了一个人悲剧的血腥味。

另一方面，实朝则感叹道：

> 世间诸象镜中景，抑或原本即无形。
> 拘于景形皆自扰，万事万物终归零。

此诗虽说是步《古今集》等表现无常的诗作的后尘，但与那些诗作相比，其反响并未减弱。传统在此得到了继承和光大。

以上话题暂且不表，即便是换个角度来看，也可知实朝对前人的模仿实际上是史无前例的。

以实朝的诗作为例，思考"模仿"这一课题，会十分有趣；以"模仿"为关键词，思考实朝这一诗人也会趣味无穷。

二条良基曾言道："以前，在自己的诗作中借用古典和歌的词句、意境等实为罕事，或许是自后鸟羽院时代始，人们才特意为之，且借用方式各种各样。"以至于定家也教授人们借用古典和歌的心得体会。然而，像实朝这般毫不客气、率直纯真地借用古典和歌的诗人却颇为稀奇。

对于定家等京都诗人们来说，引用古典是一种极其优雅、极其精致的技巧，其中包含着对古典满怀梦想和憧憬的人发自内心的叹服，以及自觉无法企及的叹息。京都人历经痛苦后所获得的喜悦，关东人实朝有时天真无邪、轻松愉快地就能获得。实朝的诗作对古典的引用并非深思熟虑后十分讲究的选择，大多仅仅只是漫不经心的模仿。

倘若说京都人是以一副苦涩无奈的表情在习写草体纤细的女性文字，那么，实朝则是以一副阳光愉悦的面容习写楷体粗大的文字。孩童字体中自然流露出的雄伟气势，或许也是实朝诗作的特点之一。孩童习字时，不被自己是在模仿字帖的意识所束缚，仿佛那本身就是自己的创造行为，反而更能写出与字帖更相似的字体。

当然，并非是说实朝的诗作应该模仿，而是觉得实朝尽管大量模仿他人，但自己作品的生命并未因模仿而被磨损，自己作品的个性也并未因模仿而被完全埋没。有时，其天生的才能仿如喷泉般迸涌。常常模仿他人者，往往最能脱离模仿。

植田曾对学生也说过："没有比《金槐集》更不可思议的诗集了。与其说它标志年轻天才的出现，不如说它或许难以卒读。"倘若事先仅仅只对集中实朝的优秀诗句有所了解，然后再读这本诗集，一定会犹如梦幻破灭一般相当失望。集中大多数的诗作显得有些无趣，几乎都是对《古今集》《新古今集》的模仿，颇具实朝个性特征的"万叶调"诗作只占极少数。据说，总计七百多首诗作中，有二百首以上不出模仿古诗的范畴。

厚厚乌云锁深山，飕飕北风彻骨寒。

或来一片沙沙响，冰霰洒满生驹[①]巅？　　实朝

瑟瑟隆冬罩外山[②]，飕飕北风彻骨寒。

或来一片沙沙响，霰洒山脚卫矛[③]间？

《千五百番歌合》后鸟羽院

春风吹过沙沙响，远山上空泛青光。

一轮明月分外好，落樱缤纷遮面庞。　　实朝

一轮明月分外娇，怎奈黎明悄然到。

更叹檐头樱花落，缤纷缭乱遮光耀。　　《后鸟羽院御集》

三轮之崎佐野渡[④]，绯雨绵绵惹人愁。

不觉已是天色暮，相思泪水向何流。　　实朝

暮色苍茫佐野渡，大雪纷纷惹人愁。

欲掸玉尘驻驹望，无处栖身可停留。　　《新古今集》定家

夕阳余晖暮色浓，一行归雁鸣长空。

凝目远眺心沉重，胸中荡漾故乡风。　　实朝

---

① 山名，位于奈良县生驹市境内。
② 日文原文为"外山"（とやま或はやま），意为离人烟较近的山；与"深山"（みやま）意思相反。
③ 灌木名。
④ 位于和歌山最东端的新宫市。

旭日朝霞黎明中，一轮满月渐朦胧。

凝目远眺心寂重，堪比嫦娥独守宫。　　　《新古今集》家隆

庭园碧绿一水池，倒映紫藤荡艳丽。

如今花落影消失，九春方过不几日。　　　实朝

黎明早起心神怡，忽觉一阵北风起。

两袖丝丝寒意袭，三秋方过不几日。　　　《万叶集》安贵王

庭园碧绿一水池，倒映紫藤荡艳丽。

花儿朵朵为谁开，痴等啼归杜鹃至。　　　《壬二集》家隆

黎明早起心神怡，忽觉一阵北风起。

两袖丝丝寒意袭，淡黄尚未染萩枝。　　　实朝

黎明早起心神怡，忽觉一阵北风起。

两袖丝丝寒意袭，三秋方过不几日。　　　《万叶集》安贵王

依然盼君莫忘记，纵令如今心已移。

昔日黎明朦胧月，洒照小径芳草萋。　　　实朝

期君皆能存心底，纵令时迁景已移。

昔日黎明朦胧月，洒照两情影相依。　　　《新古今集》家隆

茫茫苍穹月皎洁，冷冷清辉满地泻。

又是一年仲秋至，仰望夜空知时节。　　　实朝

昨夜苍穹月皎洁，清冷寒光满庭泻。

今晨临窗向外观，院池冰封朔气冽。　　　《古今集》无名氏

人生漫漫行旅路，何须屈指数日忧。

花草树木知春夏，星移月景识冬秋。　　　《山家集》西行

春去夏至柳色青，田园喧嚣蛙声鸣。

井手川边棠棣艳，斯时是否正凋零？　　　实朝

175

春去夏至柳色青，山脚棠棣已凋零。

井出玉川河鹿蛙，斯时是否正长鸣？　　　　　《新古今集》兴风

一只野鸭湖中浮，绿藻青荇且作铺。

风起浪涌难安眠，多少时日已苦度？　　　　　实朝

一只野鸭湖中浮，波浪为枕水作铺。

飘飘摇摇难安眠，多少时日已苦度？　　　　　《新古今集》河内

又是一年秋风起，寒意丝丝浸肤肌。

自此昼短夜漫漫，孤身独寝寂寥袭。　　　　　实朝

又是一年秋风起，寒意丝丝浸肤肌。

荻叶窸窸窣窣响，宛若向天诉悲戚。　　　　　《新古今集》基俊

今日浙浙秋风徐，丝丝缕缕裹寒意。

自此昼短夜更长，独寝何能抵孤寂。　　　　　《新古今集》家持

举头遥望苍穹上，一轮明月泛寒光。

银河鹊桥星闪亮，疑是晨曦照凝霜。　　　　　实朝

银河鹊桥泛白光，牛郎织女遥相望。

星星闪烁似凝霜，切切催人天欲亮？　　　　　《新古今集》家持

贺茂神社①祭祀日，头饰遍插蜀葵枝。

长列裹挟谁家子，一步三停向前移。　　　　　实朝

奈良古都艳阳日，长街人流不断息。

腰佩饰刀谁家子，一步三停向前移。

　　　　　　　　　　　　　　　　《拾遗和歌集》神乐歌

<hr />

① 京都市内贺茂别雷神社 (亦称上贺茂神社) 和贺茂御祖神社 (亦称下鸭神社) 的
总称。

山麓河水奔流急，滚滚向前飞沫起。

一如吾心恋君心，纵使破碎亦难抑。　　　实朝

山麓河水奔流急，冲向岩石飞沫起。

亦如吾心恋君心，虽已破碎仍难抑。　　　《新古今集》贯之

春风吹过杨柳枝，条条如线染新绿。

若遇春雨纷飞时，浑身挂满小珠玉。　　　实朝

春风吹拂杨柳枝，缱绻旖旎泛新绿。

若是晨曦映照时，粒粒露珠似翠玉。　　　《古今集》遍昭

春风吹拂杨柳枝，条条如线染新绿。

若遇春雨纷飞时，粒粒嫩芽似翠玉。　　　《万叶集》

忽闻山蝉噪叽叽，西风缕缕挟寒意。

顿感时节已更移，炎夏自隐素秋替。　　　实朝

西风阵阵越长堤，丝丝缕缕挟寒意。

吹皱河面泛涟漪，唤得夏去素秋至。　　　《新古今集》贯之

忽闻窗外骤雨急，庭院芳草皆披靡。

天霁蟋蟀噪唧唧，似报夏隐素秋至。

　　　　　　　　　　　　　　　　　《拾遗和歌集》人麻吕

一人独坐屋檐下，静思沉想伴晚霞。

庭院荻叶沙沙响，秋风何时入孤家。　　　实朝

空屋独坐心思重，急盼佳人来相逢。

忽觉帷帘飒飒动，岂料弄人是秋风。　　　《万叶集》额田王

漫漫长夜更已深，环顾四周万籁静。

忽闻一阵雁鸣声，举头遥望月西倾。　　　实朝

漫漫长夜更已深，环顾周遭万籁静。

177

举头遥望二上山①,朦胧半月亦西倾。　　《万叶集》道良

长夜漫漫过三更,环顾四周万籁静。

忽闻一阵雁鸣声,举头遥望月辉映。　　《万叶集》

原野尽头泛秋意,雄鹿求偶声声急。

旅途原本多伤感,此情此景添悲戚。　　实朝

深山枫叶落满地,雄鹿求偶声声急。

足下一片沙沙响,伤心秋曲添悲戚。　　《古今集》无名氏

须磨浦岸②夜幕降,海上渔火泛微光。

便使藉此照君影,足以遂愿疗心伤。　　实朝

志贺岛③岸夜暮降,海上渔火泛微光。

便使藉此照倩影,足以遂愿疗心伤。　　《万叶集》

月光照耀也良崎,冷冷清辉洒满地。

鸭舟一叶海上横,随风飘摇难安适。　　实朝

故人西去已数日,至今遥遥无归期。

若是鸭舟海上见,但愿守兵速告知④。　　《万叶集》

实朝的模仿由此可见一斑。

贺茂真渊也曾指出：这是十分显著的模仿。香川景树则驳难此
乃"枉情欺世之作","有志者绝不应读镰仓右府的诗歌"。当今的研
究者也正就此进行精心的研讨。

---

① 横跨奈良县葛城市和大阪府南河内郡太子町之间的山岭。
② 神户市须磨区海岸一带。
③ 福冈市东区所属岛屿。
④ 传说志贺岛船员荒雄为对马岛守兵送粮途中遇难未归,山上忆良特作此诗予以悼念。
　也有人认为作者为荒雄之妻。诗中"守兵"原文为"也良の崎守"即"也良崎守兵"。

实朝居然将如此充满着模仿之作的《金槐集》当作自己的作品呈献给后鸟羽院，并给定家看，这样的行为让现代人瞠目结舌，另一方面，或许反倒体现了实朝的纯真和大气。

不能离开当时的习俗，责怪实朝一个人的模仿行为，因此，植田便找出镰仓时代其他一些诗作"引用古典"的例子给绢子看，于是，绢子便一脸不可思议的表情说道："以前，人们的诗歌，究竟是本人的诗歌，还是他人的诗歌，不分清楚也是可以的？"

《近来风体抄》中有以下一段文字：

"并不觉得为忠公卿天生擅长，但他确实常常在诗会等公开场合咏诗，且咏出了不少优秀诗作。他喜好引用古典诗歌。对《古今集》等过目不忘。诚为精通'引用古典'之道的人。"

文中对"引用古典"大加赞赏。实际上，《新古今集》中已有同样的倾向，预示赞赏"引用古典"一点也不奇怪的时代即将到来。

然而，勿须赘言，"引用古典"包含着"联想的美"。引用者是以读者对所引"古典"耳熟能详为前提的，并无向读者隐藏所引"古典"的意图。倘若读者脑中不能浮现出引用者特意引用的"古典"，那么，"引用古典"这一技巧也就失去了意义。

因此，"引用古典"不是模仿，更非剽窃。

诗人希望读者在品读自己的诗作时，能随之想起一首，甚至是两到三首被引用的古诗，从而增强自己诗作的韵味。也正是出于这样的考虑，他们才会唱和敬仰的古人、参考敬重的传统进行自己的诗歌创作。一首诗、一个人的诗不仅仅只囿于一首诗、一个人的诗。

自己的诗和他人的诗之间的境界线自然消失后，就会有连绵不断、挥之不去的憧憬，隐约飘渺的余韵余味，与古人诗心的和谐交融。

三千年的和歌之道，只能以这样的方式加以保护和传承——如此时期的到来，也是其生命自然发展的结果。

诗人作诗的理想也变成了词语"应求平稳，不要夸张，宜优美相连"。

"即便是求新，也不应吟咏丑恶粗俗的事情。

"与其做毫无益处的改变，不如不做改变。

"绝对不应刻意引人眼目。"

三千年的和歌之道，只能以这样的方式加以保护和传承——如此时期的到来也是一种必然。

现今的人们阅读一首诗作时，必须从中搜寻、查找所引用的古典和歌，当然无法懂得"引用古典"这一技法。充满古典和歌的"心之琴"在一首诗作中必须自然地鸣响。

"没有比《新古今集》更有趣的诗集了，只是初学者难以理解罢了。"

看到二条良基的这段话时，植田曾经笑出声来，觉得好像就是在说自己似的。

《新古今集》在和歌的排列方面都特别用心，这一点，打开诗集一看便十分明显。相似的和歌排列在一起，和歌与和歌之间的过渡十分平稳，也就是说，较之突出每首和歌的独立个性，更重视相似和歌群之间的和谐关系。因此，读《新古今集》就像是在看画卷、听音乐。

《新古今集》全卷完全就像是一首日本式的抒情歌，稍不留神，作为个体的诗人可能会从脑海中消失、被忘记，但即便如此，似乎也并不妨碍对《新古今集》整体的欣赏。

然而，实朝的《金槐集》却并非如此。

在实朝许多诗作中所看到的"模仿"当然不是"引用古典"的真谛，至多也只能算是练手所获而已。

诗人实朝尚处习作阶段便命归黄泉，真正意义上的"引用古典"未能完成，也正因为如此，反倒成就了颇具实朝个人特色的"万叶调"诗作的产生。它只不过是对古典和歌的模仿，所以似乎也可以说没有深深地触及实朝年轻的生命，也未束缚实朝的天性。

《金槐集》中，"万叶调"风格的优秀作品少得惊人，大多是对《新古今集》《古今集》的模仿，并无特色可言。实朝二十二岁完成《金槐集》后，也似乎再未赋咏过"万叶调"风格的诗作。

实朝绝非一生一心一意信奉《万叶集》的诗人。

然而，如今，实朝只有"万叶调"风格的作品广为人知，实朝也被看作是"万叶调"风格的诗人，这是相当正确的选择，实朝其他的诗作可忽略不计，存在与不存在似乎并无二致。后人认为实朝真正赋咏的只有"万叶调"风格的极少数的诗作，对《金槐集》中的其他作品视而不见，倒使实朝显得更为纯粹。

> 夕阳余晖夜色笼，荻花束束绽笑容。
> 怎奈明月悬照时，香消玉殒无影踪。
> 置身那须筱竹原，聚神排整箙中箭。
> 噼噼啪啪声连连，撞击臂甲是冰霰。
> 行旅归来心气爽，方入庭院四处望。

不见一侍来上朝,私事缠身向何往?

一气翻越箱根山,清风美景遂扑面。

伊豆之海漾碧蓝,初岛岸边波潋滟。

箱根之湖深似海,浓情蜜意蓄满怀?

横跨相模骏河地,春心荡漾媚眼开。

海上不绝轰隆隆,烟波浩渺浪汹涌。

前赴后继向岸礁,粉身碎骨沫飞纵。

孤儿唤母声声悲,满面惆怅两行泪。

无人目睹不唏嘘,手足无措芒刺背。

父母悠悠爱子心,千年万载难诉尽。

野兽天生不能言,惟此动容情难隐。

三昧耶形法无边,本自大日如来显。

还将复归佛尊颜,普渡众生偿福愿。

世间诸象镜中景,抑或原本即无形。

拘于景形皆自扰,万事万物终归零。

久旱急煞众百姓,跪地拜天显神灵。

怎奈雨水连日下,再祷龙王遂令停。

　　以上诗作,与其说是对《万叶集》的模仿,不如说超出了模仿的范畴,是仅属实朝的独一无二的产物,较之当时《新古今集》《新敕撰集》中诗人们的作品更显新颖,可谓是一个奇迹。

　　正如正冈子规在如下诗中所言,实朝的诗作超绝于时代潮流。

　　岁月悠悠数百年,君名仿若蒙苔藓。

无人问津无人知，呜呼哀哉令人叹。

有人认为，远离京都因袭的东国武家新文化是实朝诗作的苗床。实朝死后，将军赖经从京都被迎接到镰仓，他也让源亲行校订《万叶集》，促成和加速了仙觉的"万叶"研究，虽然不能说是实朝倾心"万叶"的遗风，但从中或许也能感受到与实朝相类似的"万叶"精神在镰仓的萌芽。

甚至《琼玉和歌集》的作者宗尊亲王将军也曾在自己的诗作中引用过《万叶集》中的"东歌"。

实朝的诗作的确产生于镰仓，但从大量乏善可陈的诗作中迸然而出的那些为数不多的优秀诗句，似乎都是实朝情不自禁地发自内心的声音，不能仅仅只归于环境使然。

大山深处一孤池，石砾紧围锁空寂。
落叶片片渐坠沉，谁知我心亦如是。
岸边岩上青松伫，年年岁岁形影孤。
无所事事更无友，任凭光阴空自流。

实朝的以上诗作即便是爱恋之诗或行旅之诗，如今的人们也能据此读出实朝的心境。然而，这些从历史的阴云中传出的发自实朝内心的栩栩如生的倾诉，又为实朝的人生增添了令人心酸的疑问。

倘若没有《金槐集》，如今的人们或许大多不会对实朝倾注同情。实朝万叶调的诗作穿越时空的隧道被传承下来，反倒令实朝的历史妖雾至今无法消散。实朝的墓碑并未长出时间的苔藓。从实朝的诗作中，似乎能听到他的心声：悄无声息地被淹没，而有关个人的历史，应交由后人展开想象的翅膀。实朝的历史在丰富后人想象力的同时，也让后人困惑不已，较之死去的人，与活着的人有着同样难以理解的力量。

古往今来，很少有谁如实朝那般让人看到诗歌的力量。

与义尚将军相比较，这一特点尤为明显。明治以前的史学家对实朝的评价似乎远不如义尚。明治以后站出来为实朝辩解的正是实朝自身的诗作。正如子规所言，"数百年"被"苔藓"覆盖的实朝的英名，因其诗作而被唤醒。

比如《增镜》中写道：

"这位大臣比其父亲还要优秀，还要更有出息。说起来，他秉性端正，无论心情好坏，处理问题都无可非议，颇明事理，武士们遵从他，较其父亲有过之而无不及。"

文中对实朝投以温暖的目光。

然而，慈元在《愚管抄》中却写道：

"无论怎么说，赖朝都是一位十分了不起的将军，其孙子（公晓）却干出了此等事情①，崇尚气节的武士中，却出现了这样的人物。另一方面，实朝也太过糊涂，作为军人竟毫无警戒之心，沉溺于文学之事，致使其大臣大将的名誉严重受损，且源氏也因此而断子绝孙，消失殆尽。"

文中对实朝冷眼相对。

新井白石在《读史余论》中，以辛辣的笔触，论评了自源氏灭

---

① 指公晓杀害赖朝的儿子即其叔叔兼义父实朝。

亡到承久之乱期间北条的阴险狡诈，字里行间似乎也自然地流露出了对实朝的同情，但却未有一句直接论及实朝本人。相反，对义尚则满怀怜惜地写道：

"可以说，义尚将军是室町历代将军中的佼佼者。想来，那并非只是因为他天生俊美。其父毫无德望，导致世间动荡。或许是因此而遭到惩罚，受尽了苦难，义尚不想重蹈其父覆辙……所以，他不仅喜好文事，还精通武事。若能在世上活得更长久一些，且有良臣辅佐，或许他已经复兴了正走向衰落的室町幕府大业。然而，不幸的是他生长于战乱时期，当政不久即命丧黄泉。后来，由于不善施政的东山殿（义政）长期掌权，终致天下大乱。若是上天想让一个国家灭亡，'此时，即便是有杰出人物出现，也无济于事'。"

赖山阳在《日本外史》《日本政记》中也效仿白石，以更为激烈的口吻，痛斥时政、义政的奸诈险恶；责备"实朝为人优柔寡断，整天沉溺于赋咏诗作。对待有罪者，只要他献上诗来，便加以赦免，而军政国事，则一任义时决断。"另一方面，对义尚的死却写道："远近无不哀惜。"

水户在《大日本史》论赞中，不惜歪曲历史事实，对实朝予以恶评。

"实朝袭职，骄泰不恤军政，其发号施令虽有可观，皆北条氏之所为，而非自己出。变生肘腋，不保首领，权归舅氏，而霸附之业，不复振矣。公晓弱龄，能报父仇，其志固可嘉尚，然杀赖家者，北条时政之志，而实朝不与知焉。义时奸猾多诡计，安知其非嫁祸于实朝，而假手公晓乎？骨肉相残，叔侄俱毙，而赖朝不得血食，此北条氏之本谋也。实朝恬然，曾不之省，唯以官爵超于父祖为荣，宜其速祸也^①。"

《大日本史》的续篇《大日本野史》对义尚连呼"可惜啊",对实朝则冷若冰霜。

（未完）

（康林　译）

---

① 原文为古汉文,川端康成引用的是汉文训读体。文中标点为译者所加。

感伤之塔

今晨收到蓝子女士的明信片，说是搬家了，屋后可看见五重塔。我未曾去过山口市，无法想象五重塔所在的公园是怎样的一番景象，但我觉得那应该是一栋不错的房宅，或许是因为我知道蓝子女士是一位好人，尽管我们从未谋面。在心中偶尔描绘未曾谋面的人所住的未曾去过的土地，业已成为我的一个习惯，也许是因为我平日常常被蓝子女士这样未曾谋面的人所温暖。战争中，我变得不太发表作品的时候，也曾收到横滨的叶子女士发来的信件，信中有这么一句话：先生您总似春天最后的花朵吗？日本投降两个月后，还曾收到当时身处鸟取县的惠子女士寄来的信件，信中写道：我独自认定，先生您很快就将重新开始工作，日本也将迈出新的脚步。心中一边期待着这一转机的到来，一边念叨着为何还没出现？今天从乡下当地的报纸上看到先生您的名字，得知您已进入工作状态，甚是高兴。当然，以上都是我私信中的言语，针对我个人而发，将之示以第三者，想必是会遭人笑话的吧。或许也会有人认为，这只不过是"文学少女"写给作家的信件，司空见惯，从而嗤之以鼻。但蓝子女士是不会视之为笑料的吧。这不仅仅是因为蓝子女士也是与我私信者之一，还因为她了解叶子女士、惠子女士的人品。昭和二十年三月二十八日，收到我信件的当夜，叶子女士写给我的回信中，甚至能看到这样的词句：现实中竟能发生如此梦幻般令人诚惶诚恐的事情，我一时不觉身体颤抖。得知先生您一切都好，无比高兴。此时，我也许站在人生幸福的峰顶。读来都能让人怀疑是情书。多年的书信往来，叶子女士的心绪和生活状况已刻印于胸，倘若她真的能够成为我的恋人，不能不说这就是我终身的幸福。然而，我天生就不该拥有如此福分，两人所居相距仅半小时的车程，相互却完全没想过要去会会对方，或许一生不曾谋面就此而终。倘若两人尚能相会，也许就是在叶子女士悄悄地来为我扫墓之时。我想到要去拜访横须贺大家所熟知的典子女士的家，也是在典子女士因产子而去世后的时候。蓝子女士曾经说过：想去拜访先生您，就饱受战争摧残的现状，洗耳恭听您的教诲，但却未能如愿。或许是因为她身处遥远的山口。然而，即便是身居近处，也不知是否能了却心愿。她之所以无意中会说出想要拜访我，大概是因为此次状况特殊。横滨被战火烧成一片焦土的时候，我也曾十分急切地想去看看叶子女士是否安全。可是，各位于我终究是现实中不可面见的人，是遥不可及的存在。当然，我们之间书信往来，心心相通，从这方面讲，我们或许亦如近邻。书信往来，心心相通，固然是现实中发生的事，通信双方无疑也是现实中存在的人。但无论是通信的人，还是发生的事，都有非现实性的一面。对于身为作家的我，自然有不少人会这样认为：我的作品离开我，会在不知不觉中，去到我无法预想的地方，敲打人们的心灵之窗，游走于他们的心胸之中，因此，我与各位的交往也就驾轻就熟了。于是，我也有些觉得是在与现实不同的另一个世界中，与现实中不同的另一个我和各位意外结缘。此时此刻，我仍然几乎完全相信，即便难以称之为王国，至少有一个小小的村落为我而存在。明知肯定是一个无常的幻梦，但平日精神上似乎也有藉此勉强支撑之时，加之，也许是因为年岁的缘故，对老天赐予的甜蜜好意，我已不再去求索艰深的诠释，仅只随其指引而动。各位让我的这个小小的村落，永远地散发着富于女性特性的花朵的馨香，令我真心感到珍贵和庆幸。比如叶子女士和惠子女士信中的言辞，尽管并非与我本人完全等值，但从中仍能感受到她们的真情实意，我会全都当真。我觉得自己除了在现实生活中与人接触之外，似乎还在另外一个生活圈子中与人交往。倘若说横滨被战火烧成一片焦土的时候，我担心过叶子女士的安危，每次遭遇空袭后，蓝子女士都会来信，询问我夫人过得怎样，或许也是出于同样的心情。

叶子女士曾在三月二十八日的回信中写道：承蒙先生您问及我家人的情况，深感荣幸。我弟弟去年四月入伍，成为一名海军航空兵，不久后，也就是七月份，我失去了母亲，目前与父亲两人一起生活。尽管信中也曾提及：我真的十分想念先生您，有许多事想向您倾诉。但实际上仅止于对我提问的简单回答，并未多言其他。但在叶子女士之前的来信中，我时不时地会与其父母相遇，头脑中也会浮现叶子女士在家中生活的情景。母亲长期生病住院，二十年前，叶子女士就接替了家庭主妇的角色，照顾父亲的日常起居，同时，考虑到某家店里急需人手，便去兼职，还得照顾病人。她工作麻利，又细心周到地照顾身边的人，感情充沛，情趣不凡，性格开朗，能与这样的日本千金结婚的男人，该是何等前世积德的幸运者。据说叶子女士也曾有过喜爱的人，但开战不久，便命丧疆场。不知横滨一日化为灰烬是在几月？继三月二十八日、三月三十日写来信件后，叶子女士便断了消息。蓝子女士十一月时隔多日寄来信件，让我颇感意外。信中写到：我已成为人妻，成为人母，最近又加入到了未亡人的行列。丈夫曾是海军大尉，三月二十八日，战死于九州东方的海面上，接到讣告通知书时，顿感莫大的考验即将从天而降。父亲作为指挥官曾与母亲一起到过中俄国境，战后去向不明，消息全无。留下妹妹三人与我的长子每天过着充满不安、焦躁和寂寥的生活。去年春天，从姬路回到这里。夏天，在母亲不在的担惊受怕中生下长子。之后不足三月，母亲归国，但眼下不知身居何处能够度过即将到来的冬天。思前想后，不禁悲从心起。之前呈寄给您的信中所提及的快乐时光，已成遥远的过去，令人倍感唏嘘和怀念。父母不在时五人一起度过的时日虽说寂寞，但因情事的变化，那样的生活也难再重现。于是，我与妹妹们商量，是否可以与我们母子分开来生活。这里是乡下，即便是租个房子，小一点，也可安静地生活下去。此时正处特殊时期，倘若稍有时日，不见某人消息，就无法预测此人的命运究竟会遭受怎样的突变。即便并非异常境遇之中有着异常性格的女性，一如各位那般有着可靠的家庭、稳健的性格，人生的轨迹也有可能在一瞬之间而被完全改写。因此，遭遇战火的叶子女士失去音讯，不能简单地推测为也许是因为结了婚。不过，有一段时间，没见蓝子女士、典子女士来信，两人都先后结了婚。是战争中的婚姻。十一月四日，蓝子女士来信，也算是向我报告结婚一事，信中写道：前年十一月一日是我们的结婚纪念日。今年的这一天，也如前年的那天一般秋菊盛开，艳阳高照。典子女士在寄给我的最后一封信中，也记录着去区公所提交结婚报告那天的情景，也算是向我报告结婚一事。新娘子独自一人去登记结婚，或许也是战争时期才有的特色。从信中，还可以窥见典子女士在横须贺娘家时的用心、得体，在横滨新的家庭中与丈夫独处的生活状况，给人以充满活力的感觉。自此，典子女士没再来信，我想，她一定是太过忙碌，并沉溺于幸福之中。出乎意料的是，一位自称是典子女士妹妹的人，来到我家门前，用略带拘谨的声音，告诉我其姐姐的死讯——典子女士因产子引发痉挛，命归黄泉。我通过信件将典子女士意外去世的消息告知蓝子女士，蓝子女士立马来信询问：您说典子女士因产子去世，不知孩子是否无恙？当时，蓝子女士也是一位失去了孩子父亲的母亲。典子女士娘家的父亲在典子女士出嫁前命丧战场。他原本是一名海军退伍军人，闲居无聊之余，迷上了钓鱼，有时甚至会邀典子女士一同前往。典子女士寄给我的信中，女儿对寂寞父亲的体贴之情也溢于言表。但此次父亲染黑头发重新出征，不久便战死疆场，好不容易开始有些生机的家庭顷刻默默沉入寂寥衰落。典子女士的结婚、早逝也是如此，况且新生儿的出生和产妇的死亡瞬间重叠。或许正因为如此，妹妹才会循着典子女士心中的缘分，前来拜访我。虽说事出突然，实为初次见面，但在典子女士的来信中，我早已对这位妹妹有所认识。妹妹还为我带来了典子女士的相片，颇像女儿所为。典子女士去世后，我才初次见到了她的面容。至今为止，我是通过信中的言语，感受典子女士。妹妹之所以前来拜访我，据说是因为她母亲希望我能将典子女士写给我的信给她看看。典子女士的丈夫曾给她拍过许许多多的照片，可想而知，他们曾像所有新婚夫妇那般相亲相爱。留下过那么多照片的人，不久竟烟消云散——妹妹对此感叹万千。典子女士的那些照片以及嫁妆等行李尚未运回横须贺的娘家。妹妹告诉我，典子女士的娘家位处山中，庭院内有一棵很大的樱花树，花开时节分外美丽。于是，我想在樱花盛开的时候，去典子女士曾经生活过的地方，倾听人们谈论典子女士的过往。然而，今年春天，空袭日甚一日，好在横须贺并未着火，想必典子女士家的樱花树和房屋也得以无损。去年，妹妹放在我这儿的典子女士学生时代的日记和作文依然在此。鸟取的惠子女士出嫁前也将自己做女教师时期的日记留在了我这儿，去了丈夫的工作地上海，后又移居北京，丈夫动身出发去南方时，她回到了东京，娘家两度被烧，不得不回到位于鸟取的婆家生活。因此，留在我手头的日记，对惠子女士来说，无疑是她出嫁之前少有的纪念品。惠子女士十月六日寄给我的信中写道：我早前就十分喜爱日本海，所以，在这边难以忍耐之时，常常会去海边度过。孩子已经长大，期待着尽快回到东京，聆听先生和夫人的声音。这儿有一本不知是谁落下的岩波书店出版的契诃夫的小说《带小狗的女人》，想要读书时，我就会拿起它翻翻，以至于都能背下来了。据惠子女士说，自五月始，他们母子三人来到海边居住生活，日本海就像是他们家的庭院。从中可以推测，惠子女士和孩子们离开婆家，且租借到了房屋。听说惠子女士所在的日本海边的渔村，与蓝子女士如今居住的小镇相距并不太远，我也不是没想过，倘若她俩能见上一面，谈谈灵魂的"回归"等话题……惠子女士也曾说起，在战争结束后，有一段时间处于一种茫然若失的状态，不知道成天在想什么、干什么。但最近，慢慢地开始考虑：必须找出一点希望之光，迈步前行。惠子女士在信中还曾写道：我一直希望回到东京，坚强地活下去。因此，她在日本海边大概不会逗留太久。惠子女士较蓝子女士、叶子女士和典子女士稍稍年长，这就意味着：

中日战争刚刚爆发时，蓝子女士等正处少女时代，而惠子女士则已是约莫二十的姑娘，心理的成熟度相当不一样。蓝子女士等也许完全可称为"战争的女儿"。毋宁说"战争的女儿"对亲人的爱、对邻里的爱、对同胞的爱更为强烈。她们对士兵所抱持的爱的痛切，是和平时期无法比拟的。但惠子小姐等或许则是从更广泛的人类爱的立场出发开始自己的人生的。将自己结婚前的"姑娘时代"无私奉献给了聋哑儿童教育事业的惠子女士尤为如此。我想，我一生中也见不到几位像惠子女士这般聪慧的女人。较之聪慧，惠子女士安抚人们的不幸的能力更是超绝。在各位之中，只有惠子女士我曾见过面，是我去聋哑学校见的。当时，惠子女士已经有了未婚夫。辞掉教师之职结婚前，惠子女士也曾来告知过我，且兼有告别之意，因为她打算去丈夫的赴任地——中国。我对她说，你一定会在关怀因战争受到伤害的中国儿童方面发挥作用。她回答说，我只想退居小小的家庭之中。她也是一位对厨房等十分用心、喜欢家居生活的人。一年左右后，她因产子回到了日本，腆着肚子来见我，并告诉我，好不容易打算沉浸到新婚生活之中，不再到世间抛头露面，但好像是在上海或广东，被派任为汪精卫女儿的日本语教师。这位著名的大小姐原本喜欢美国，讨厌日本，几乎对所有的日本人都不理不睬，但唯独对惠子女士相当中意，并经常自己开车接送惠子女士，让周围的人们十分吃惊。不过，对于了解惠子女士的我来说，这是理所当然的事。也许因为我去"满洲"和中国北部地区也是在战争时期，对此体会更深，没有比碰上一位好的日本人更让人觉得难能可贵的了。即便是在日本国内，收到惠子女士、蓝子女士等人的来信，信中日本女性特有的品质是何等地温暖着我的心，也难以估量。可以说在我内心深处，似乎冷酷的一面因战争反而消失了许多，而且增加了些微温暖和甜蜜。倘若说栖息我胸中的近代病毒因那场错误且失败的战争多少有所缓解，我又该说什么为好呢？惠子女士曾从中国给我写过很长很长的一封信，一般来说，是无法通过检查的，所以，她特地寄了航空信。然而，据说飞机坠落，那封信被烧了。为此，我深感惋惜，并觉得似乎此时，在中国的某地，一位优秀的日本女性的一颗心正冒着烟雾。你或许也认为你的丈夫也消失在某一处海中。

冈山的月子女士最近来信，同样是告知丈夫去世的消息。不能认为女人爱着男人是世间随处可见的真实现象，人们往往因为爱着对方而迷失自己。爱本身就并非是谁都可轻易到手的日常生活。同样的感慨，月子女士的信中也有所体现。回想与逝去的丈夫在一起的生活，几乎都是对情义、传统习俗、人情等懦弱地遵从。丈夫死后，她被置于必须继承寺院的境地，每晚都担心年迈的父亲会突然去世而用习心经。信的最后写道："您可理解女人扯开嗓子念经时那悲伤凄凉的声音吗？"在同一封信中，还有这样的词句：在出嫁前尚为姑娘的时候，每当心中的块垒无法消除，我便会给您写信，就仿佛是在向无形的佛祖祈祷一般。听说我似乎又开始了工作，她便告诉我：您能重新振作起来，让我感到无比地温暖和高兴。与惠子女士的言辞相似，或许也与蓝子女士写给我的信有相通之处——当时，就连做梦也未曾想到的时代来临，蓝子女士觉得自己仿佛站在伤心的岔道口，不知道究竟过去是一场梦，还是未来是一场梦？失去了所有的希望，从寂寥落魄中难以自拔。对世间仅存的一丝留恋，就是抚养爱子以穷尽一生。然而，日本投降后，蓝子女士每天读报，不断担心日本的未来究竟会怎样。必须要在这种忧虑家庭、国家，内外交困的状况下活下去，自然会变得多愁善感。倘若遇上人，不自觉地就会抱怨起自己境遇的凄凉。因此，此段时间，她将自己关在家中，足不出户，而且想要偷偷地逃到某个遥远的不为人知的地方。对于蓝子女士的倾诉，我无法也无力予以安慰。她常常要为烦心的事发愁，终致疲惫不堪，卧床不起。此时，收到我的信件，甚是高兴。也许是因为至今为止若干年以来我从蓝子女士处得到信件的那些岁月的积累，也可能是缘于我的作品已经植入蓝子女士的心间。我一边写这封信，一边偶或瞄上一眼时钟，表盘的文字刻度并非是十二小时，而是二十四小时，表示小时时间的文字的外侧，还有表示分秒且分割为六十的刻度和文字。普通的分割为十二小时的钟表，秒针与时针、分针分置于不同的位置，与此相比较，眼前的钟表其配置更为合理，即大、中、小三根针均从正中的芯棒分出，长针绕行一圈为一分钟，中针绕行一圈为一小时，最短的那根针绕行一周则为一日。三根针围绕同一个圆心绕行，分别表示三个不同的时间单位，再加上表示秒数的单位也清晰可见，因此，望着钟表的针棒，我能清楚地知道：啊，一分钟过去了；啊，一天又过去了。从钟表机械准确无误的计算中，既感受到了快感，又怀抱恐惧，有时还会有一种想要反抗这犹如至上命令一般的机械的冲动。实际上，钟表机械或许不过只是人类想方设法意欲计算天体运行的诸多行为的一种，对此也感到惊讶，未免显得幼稚，想到这一点，未免有些沮丧和伤感。可以说，人类的时间与钟表、日历等并无关联，也许只是将每个人的命运和缘分置换成单位予以计算。倘若人们各自所拥有的时间河流千差万别，那么绝对时间这种东西就并不存在。倘若将天体的运行假定为时间的话，那么，人究竟是否还拥有可以计算的时间和生命就是一件值得怀疑的事情。谁都会幻想居住到没有时间的世界，然而，也许现实中本就没有所谓的时间，也许唯一确信无疑的乃是：人的一生中，时间总是以同样快的速度流动的观点是完全错误的。我还感觉到我的生命中有复数的时间同时在流动，不仅如此，有时我也认为，因为缘分的链接，蓝子女士等诸位的生命中也流淌着我的时间。到了我等这样的年龄，或许可称之为"多愁善感"，有时若是不觉得有缘人的生命中也流淌着我的时间，就会失去生存的支点，且这样的时候日见频繁。特别是战争期间，这样的缘分更令我刻骨铭心。战争期间的时间对于我的生命来说到底是太过漫长，还是太过短暂？也可以认为是一种让人感到恐怖的浪费吧。然而，时间于人绝非是可以轻易浪费的东西。战争结束时，我曾经感到我的人生也已终结，至今，仍然从这种感觉中难以自拔。日本的战败和降伏让许许多多的国民感到惊愕，而我却并未如他们那般觉得突然。不如说让我感到惊恐的反倒是如此战争也并未太改变我这样一位作家的精神和工作，并且战败似乎也是如此。我曾看到一道奇异的风景——我心中的河流从战前到战后连绵不断地流淌。对于战争，我也甚至不曾如常人那般给予过支持与协作。因此，我有时会扪心自问：我感到我的人生也随同战争一起终结是否属实？人们到底难以严格区分各自的感伤和实感、表象和本质。我也难脱例外，所谓"感到自己的人生与战争一同终结"，或许也不过只是一种感伤的虚饰和伪装。然而，我曾经沉浸于日本古老的悲哀之中似乎却是不容置疑的事实。我心中的河流漂浮着纷纷坠下的落叶，流过飘洒着细雨的故里。我未能与同胞一起战斗，只能将参战的同胞想象成古老的悲哀，度过战时的时光。如今，面对战败的同胞，悲伤至极，倘若是从前，也许本该出家。惠子女士曾说，我重新开始工作之时，便是日本迈出新步伐之日，非常伤心啊，结果并非如此。我也未能如月子女士所言那般重新振作起来。我希望如月子女士那般身居山寺，哪怕只是一种形式而已，也能终日诵经，伤悲一阵。并非是因为战败急遽使然，而是因为战败并未那么改变我，对此罪孽我满怀悲叹。战争中的这些年，仿佛上苍怒发冲冠，季节狂乱，自战争终结之日始，才又回复到了日本原有的循环。送走微风和煦的秋日，迎来了冬日和暖的阳光。战争掠过了日本的山川风物，同样也已从我的心房上掠过，就此，必须对蓝子女士等深表歉意，但国破山河在，我也想尝试着革新洗面。

（康林　译）

天授之子

天授之子

从安艺的宫岛坐快车，傍晚之前到达尾道①的时候，桑田的妻子到站台来接我，立刻交给我一封电报。我掏出老花镜一看，那电文是：

时子病危三十日与民子出发请与浅见联系

民子是我的养女，时子是她的生身母亲。

浅见是住在郊野的我的表兄。三十日就是明天。

这是妻子打来的电报。大阪的时子家把电报打到镰仓的我家，妻子又从镰仓打到我此次出行的地点告诉我这件事。

我想，人，此刻已经死了。

六年前的春天，我们从时子那里领养了十二岁的民子带回镰仓，从那以后我就再也没有见过时子。信，也有四五年没有写了。我们绝不是想让领养的孩子和她的生母疏远。我自己就根本没有那种想法。

离别七年之间，民子也只有一次见过她的生母，那是时子的老母得病，民子也去看望外婆之病的时候。

几年没有给她写过信了。把民子带回我家的那些日子里，她从不想给她一别好久的生母写信，所以我是无论如何也难以理解。她不是那种给别人当了养女再给生母写信就觉得不好的孩子。她的生母时子也不是如此教诲孩子的贤母型女人。而且母女俩分手的时候她还对民子说过，希望民子常给她写信。时子给民子的信，也不管民子已经成了别人家的孩子，总是那么亲亲热热和满腹哀伤。然而民子却没打算给她写回信。我只好提醒民子，甚至求她，她才答应我的要求，给生母写个短信。我对妻子说："如果我们不催她写回信，也许时子会想是我们不让她写呢。"

不过，强迫民子写信也只是她到我们家以后不久的事，没过多久时子就不给民子写信了。

民子不像一般少女喜欢写信，和谁也没有书信往来，特别是对于她的生母，也许她想到，既没什么可写的，写了也许会出什么麻烦。民子从来也没有对我们谈过她的生母如何如何这类话。这主要可能并非是想到我们不愿意听，首先是她羞于出口。

民子对于她的生母是怎么想的，我实在是不清楚的。我也不想弄明白。不论她怎么个想法，我是概不计较的。

我的母亲是民子家的人。祖母也是她家的人。这就是说，到了民子，她家有三代女人进了我们家，因为民子是做养女而来的，从辈分来说，也就是跳过了一代。民子的姑母也就是我的表妹，曾经

---

① 位于广岛县的东南部，为濑户内海沿岸的城市。

对我很亲切，但是由于血缘关系太近了，所以我不想和她结婚。她嫁出去不久就死了。她对我一直爱得很深。这样，我自己避免了亲上加亲的血缘婚姻，然而民子却做了我的养女。

我对于写我家的血统一事并不感兴趣，我虽然所知无多，但是也大致知道，我祖母之前，我们家和民子家之间就有许多婚嫁关系。我的祖父是养子，所以与其说我是我家的人，莫如说是民子家的人更贴切。

民子的母亲时子，也是来自和我家有亲戚关系之家。时子生了三个女儿，民子是最末一个。民子四五岁的时候，时子只带着民子一个人和她丈夫离了婚，和民子两个人过日子，直到把民子抚养到十二岁。我第一次去这两口之家的时候，看到一个圆脸的女孩子和一个长脸的女孩子蹲在门口玩耍，我一看就断定那个长脸大眼睛的是民子，因为孩子和表兄极其相似。那孩子好像也知道我是谁，赶紧跑进家去告诉她的母亲。我进了她家，时子把民子的相片簿拿给我看，那上面贴着我们夫妻的照片。那是从文学杂志的卷头插图上剪下来的。据说，时子从民子小时候就给她看这照片，跟她说，这叔叔和婶子要领你到他家去。大概就是因为这个关系，民子头一次看到我的时候就知道是我了。我不知道时子很早以前就有这种心思，希望我们收养民子的信，是最近才寄到我们那里的。照片是十几年前，也许是民子出生以前的。因为照片上的妻子是短发，那是当年流行的前面有刘海儿的发型。我们俩坐在花梨木矮桌之前，桌上摆着粗制滥造、俗不可耐的琉球花瓶。花瓶很大，好像假的一般。那是一张十分蹩脚的照片。我自己也感到害臊，可是孩子的母亲却是很早以前就告诉孩子，这家人要收她做养女。所以我对这母女很怜惜。

我们夫妇带民子回镰仓的时候，已经和民子母亲离婚的民子生父、民子的两个姐姐、民子母亲的哥哥和姐姐都来送行，在等候检票的时候我离开排着的队去了厕所，回来的时候看到民子正哭呢，原来她说叔叔不见了，因此才哭的。她母亲安慰她，叔叔哪里也没去，马上就回来。我只有这次看到民子哭。火车开动的时候和在火车里，以及到了镰仓以后，从未见她哭过。

民子成了我的养女之后，是满意还是不满意，是以为幸福还是以为不幸，这些事后来我之所以既没有留意观察，也没有放在心上，可能是由于我们三个人的性格不同，但主要还是因为民子家和我们家血缘关系很深的缘故。民子在我家里想怎么样，或者大人让她怎么样，我从来没有觉得必须考虑到她生母会如何如何。我们这边似乎忘记对方一般过我们的日子，我是只顾我们一家三口，心平气和，概不操心。几年不通音信，依旧毫不挂念。

但是，当我接到时子病危的电报从而想到她此刻大概已经死了时，立刻觉得对于民子的生母有许多应该做却没有做的事，感到难过。而且这也成了我追怀她不幸的劳苦一生的内容之一。我作为民子的养父，很想看一看临终的时子。

乘刚才下来的这趟火车直接前往该多好。但我还是把电报的内容告诉我的同伴，跟桑田的妻子若无其事地边谈边走出月台。我参加过她的结婚宴会，和她是旧友，然而也有几年没见了。在这没有见面的期间，曾经一起参加过她婚宴的两个朋友去世了。就在我此次出行前二十天左右，为其中一位朋友的女儿做了媒人。和桑田的妻子谈话的内容自然是去世的朋友和他女儿结婚的事。桑田的妻子出身于东北某农村富豪之家。尾道是桑田的故里。他妻子个头不高，外套的领子镶着白毛皮。

我和桑田妻子边走边想起从镰仓的家出来时民子送我的情景。民子因为感冒已经卧病一周，因为我要出行，那天傍晚她起来了。卧病几天，手也显得白了，而且又光又亮。病刚好，似乎把什么洗掉了一般的面孔，好像有些神秘的变化。她说：

"我真想把您一直送到大船①！"

我上了汽车，她靠近车窗，车开之后她还追出几步；那时的面孔，一直使我在行旅之中念念不忘。

我想到，民子当时的面孔是不是表现出预感到生母要去世了呢？那时她穿着棉绸夹衣，看得出里边是毛巾布的睡衣，白色领襟从外面看得清清楚楚。她生母单身一人把她从四五岁抚养到十二岁，她十二岁时和母亲分手，十八岁的时候母亲去世，民子的悲痛深深地打动了我。电报上说明天出发，是不是买了午间的特快车票？我看买夜间的普快也好。弥留之际的母亲是多么想看到她呀！就民子来说，如果生母辞世之前不能见上一面，也许是她一生中的一件憾事吧。我想，如果看不到那也是没办法的事。人一生的事全是这样，这点我已经体会到了。去世时能不能见上一面，对于亲子之缘毫无影响。

我俯视着矮个子的桑田妻子的肩膀，不由得想到，她的年纪还不算老，怎么没个孩子呢？

由此我也想到，妻子经过这么一番折腾之后可能再次流产。

妻子怀孕已经三个多月了。

---

① 车站名，以前为镰仓郡小坂村，1933年改名为大船町。

我去广岛时曾对她说过，不必到大船来送我。我说：

"你在大船一定又是一通东跑西颠。"

同行的伙伴从东京坐火车来，我从大船车站上这趟车，妻子一定要去找伙伴的所在。

这三四年来，妻子类似的流产有了两次。

战争结束，过了半年，假如真的怀孕，那已经是五个月了，妻子领着她熟悉的女友找房子，那是积雪的冬天，她穿着裤子和胶皮长统靴子就出门了，上了一趟北镰仓的山，回来就大出血。弄得我一筹莫展。但是妇科医生说并不是怀孕。战争期间以及不太久的以后，妇女这类异常现象很多，所以我们也就相信大概不是怀孕。妻子确信怀孕而不疑，我为了不使她失望，在半年多到一年左右，一直没有把妇科医生的话告诉她。

第二次是去年。妇科医生还不能确诊妻子是不是得了慢性阑尾炎，所以也就不能确定动不动手术，于是就去了东京，请妇科专家诊断，一连几天跑大学的妇科和外科。大学医院的妇科医生说也许是怀孕。妇科专家似乎没有仔细地诊察。可能是去大学医院的第二天或者第三天，妻子出血了。请来妇科医生，使她平静下来，但是还不行，最后还是入了院。那位妇科医生明确地说确实怀了孕，确实有胎儿。我仍然怀疑像上次一样情况异常，不过妻子再三叮问，而且对方又是出色的专家，估计错不了。大概是从三月到四月吧。妻子没有怀孕的感觉，考虑做开腹手术。妻子那时候一直失眠，身体衰弱，挤满员的电车去看病，也许因此而导致流产。

妻子一怀孕自己立刻就知道了。这回乳房也有了感觉，有轻度的孕吐。从我动身前一天算起，已经是三个月了。

但是，坐火车虽然有民子陪伴，然而妻子仍然有流产的迹象。我看了电报想到民子生母之死的瞬间，也茫然地想到妻子流产。没过多久，我就清清楚楚地想象出她流产之后的状态了。

是不是养女的生母之死妨碍了做养母的生自己的孩子？

考虑这种因果是一种病态，我并不是认真地考虑它的，不过是偶然地这么想一想而已。我不会相信民子的生母和她的养母的胎儿之间，有一条联系着生死命运的纽带。但是，在人的自虐式游戏心理的作用之下，对于本属不可思议的命运颇感有趣似的大加玩味的想法，此刻的我也并不例外。把这两件事联系起来，就有话可谈的了。

去年妻子也曾说过：

"我觉得流产了倒也不错。因为民子怪可怜的。"

"有什么可怜的？"

对她的话我付之一笑地这么说。

妻子是认真地说的吗？我想不会是深有所感才这么说的吧。也许妻子这么想纯粹是为了自我安慰。

虽然这样，但是她在疑似怀孕之后还对民子说：

"妈就要生小宝宝了。"

她对我也曾说过，有民子就足够了，用不着自己再生了。

今年春天，妻子到东京一个著名的占卜术士那里问卦，术士告诉妻子，她领养的民子是"天授之子"。并不是民子跟着她去了而听来的，是她按照规矩一声不响地往那里一坐，术士就告诉她的。

对于"天授之子"这个词我很感动，我和妻子常常用"天授之子"这个词半开玩笑地逗弄民子。

也许真是天授之子。然而每当我这样想的时候，心灵深处反而觉得人与人之间的关系脆弱而虚幻，三个人各自的凄凉感仿佛渗出来一般。

民子十二岁那年我四十五岁，在领养民子这个问题上，我是有些轻率。当时并没有想到有什么困难。以为哪怕只有一宿一饭之缘，也是好的。人世无常，归根到底也只是一宿一饭之缘。想要到孩子，终于要到了孩子，这都是命运的慈悲。

对于妻子生孩子的事，我一直是听其自然的。我已过五十岁，妻子过了四十岁，但是都没有受过苦。我想，假如我早死，即使孩子成了孤儿，成了流浪儿，孩子毕竟有孩子的命运。我已经看过了许多人的变化，他们是从那样的战争中走过来的。我想，即使孩子生下来的第二天我就死了，巨大的生命之流绝不会停止。甚至常常而悄悄地产生这样的妄想：看到降生的婴儿之后，就把孩子交给妻子，然后自己去自杀。虽然不过是空想而已，然而对自己的苦闷也并不是毫无赦免的成分在内。他人之死也罢，自己之死也罢，对于我来说已经不感到怎么新奇了。我看到民子的生母病危的电报时并没有感到吃惊。对于这事，我只归结为感觉迟钝而已。这种情绪，也可能和我看过了一个原子弹致使二十万左右的人顷刻之间死于非命的广岛而刚刚归来有关。

在尾道车站的出口处，受到尾道市长等五六位先生的迎接。汽车奔驰在沿着海边像一条长带似的街区上，不久到达郊区的住处。桑田和从东京来的伙伴都不知道家里给我的电报，也没有人问过。我一边想着该坐哪天的火车走，一边换上宽松的棉袍，喝完茶之后谈了我收到那封电报的事。

"人哪，根本无法知道什么时候发生什么事。"那位年长的作家同伴这么说。

我说:"大概已经死了。既然已经死了,就没有必要急急忙忙地去了,假如来得及的话,她可能对我说一说把孩子托付给我的事……"

"是个善良但命运坎坷、历经苦难而着实可怜的女人。"

我和那位年长的作家进了澡堂之后边洗澡边谈。最后他说:

"让你操心,这可不好。"

这是一位比我们心地高洁的人,他说这话的表情十分庄重,我此刻反倒有些愧疚感。

女服务员往屋里端饭菜的当儿,我想好了给病危的人打个加急电报。电文是:

民子明天前往我也去民子之事请放心佐田家

时子最盼望的是和民子能见上一面。如果告诉她民子明天来,她的生命可能延续到明天。其次,我见了时子,彼此说的也只是民子的事而已。时子今天晚上如果还活着,等明天民子她们和我到了之后才死,那么,让她不要挂心民子的我的那封电报就起了作用。我本来想写的是"民子之事一定负责"。"一定负责"这个说法觉得有些分量轻,有见外之感,所以改为"请放心"。"请放心"三个字,我觉得使民子自己也有了力量。当然,我对于"一定负责"也好,"请放心"也好,都深深感到不可靠的语言之空幻以及人世无常。但是,这种出于活着的人之口的诚心诚意的谎话,也是对于临终之人的安慰吧。

我想到妻子和民子今晚仍在镰仓的家里，也往家里拍了加急电报。我告诉她们，我明天可能去时子的娘家或者她哥哥家，想了一阵之后又加上一笔：

"请注意腹部。"

镰仓是送电报之前先用电话告诉收报人的，我想到，如果邮电局的人把"请注意腹部"念成"加上腹气"那可就滑稽透了。邮电局的人知道"加上腹气"是怎么回事么？如果是民子接电话，她听了会怎么想？

我感到有些幽默，并因对时子说了最重要的一句话而感到心情舒畅一些。我自言自语地说："对病人讲了孩子不必挂念，也打了电报。把这些话先讲出来……"

一位同伴不停地查火车时间表，因为其余的三个人也打算离开尾道。我原打算立刻从旅馆去车站，但是这么走，要半夜里到达大阪，所以决定坐后半夜两三点的车。因为这类事我一向漫无计划，所以常常处理不好。

我自言自语地说："本来是我最后走的，可现在我倒成了先走的了。"

答应给杂志在新年发表的小说没有写出来，我这趟出行成了痛苦的事。邀请我们的广岛市因为有他们日程上的安排，我们这方面已经不能延期了。我打算从广岛到尾道的五天日程结束之后，在它附近的某个地方住一个星期，写两篇短篇小说。因为我漫无计划，人住哪里都可以，尽管严岛靠北冷一些，因为在尾道住几天，所以就选定严岛了。曾经在东京表千家茶席上认识的美术史学家和奈良博物馆馆长，和我几乎同时到达尾道，据说明天参观本市的古美术，

209

所以也决定邀请我参加了。还有，广岛有一位保存我亡友遗稿的女士，他曾经把捆起来足有七八寸之高的一捆稿子存放在她那里。那是亡友习作时代的草稿，全是未发表的作品。我在尾道读了它，考虑它的处理办法，还约定和那位女士再见一面。

但是我在尾道车站收到的电报改变了这个约定：我得把遗稿带到遥远的地方去。因为我去的地方要通宵参加葬礼，一定忙忙乱乱，便把这重要的遗稿交给了同伴，托他寄到我镰仓家里。这样，答应交稿的小说只好作罢，因此我也就放下了担子。

尾道的旅馆在面向海岸的草坪上有几个小小的独立套房，写东西是最合适的。我到达旅馆时，同伴就想到我会留在这里。神户报社希望我们半路下车参加座谈会，但是我想留在尾道，便借口时间无法安排而拒绝了。同伴知道了这个情况，我只好把电报的事说出来。

同伴决定明天早晨参观本市，趁午饭之前的火车离开。每月一日的笔会，这个月在旧赤坂离宫的国会图书馆举行，他为了能够参加这次会才赶回去。同伴是笔会的干事长或者书记长。参加此次集会的还有外国客人。同伴是一位法国文学专家，他必须接待法国客人。

此次我们的广岛之行，一半属于日本笔会的邀请，是由尾道的会员桑田斡旋的。据说，最早牺牲于原子弹的广岛市将被重建为和平城市。日本的和平城市还必须成为世界的和平城市。现在的广岛市长向全世界呼吁，得到了各国的同情和赞扬。

《广岛》一书的作者约翰·赫西以及其他美国文学家，对此特别关心。日本笔会得到国际上的承认，和外国笔会建立了联系。招待我们看了原子弹惨祸的遗迹，给我们讲了和平城市的计划，希望我们遇有机会向海外文学家宣传广岛。其次，也想通过邀请我们这一举措加强广岛的和平运动。笔会是和平主义的。

我们在广岛大受感动，大家都说来这一趟是对了。且不说和海外的联系，作为一个人，作为一个作家，我受到鞭策。

但是，排满的日程上，所见所闻都给人以强烈的刺激，令人生厌的演讲会、座谈会一个接一个，我有些累了。在广岛得到休息，不过这里的自然景观和广岛的废墟是极其特别的两个极端。之所以绕道去尾道，因为那是桑田的故乡，也是他想让我们在那里暂时休息。但我收到了那封倒霉的电报，实在对不起那位同伴了。

座谈会在旅馆的大房间进行。年龄相仿的人大致二十位。大概是该市的文化人吧。市长是从美术史学家的住处来的，稍微迟了一些。十点左右散会，我们回到房间，这样，我们此次旅行的任务就算完成。我按照同伴告诉我的时间表，准备坐明天早晨的火车。身体颇感疲劳，情绪也很低沉。

"明天看日出吧。"年长的作家这样说，便叫女服务员到时候叫醒我们。

"不请别人叫醒也行，真的，反正有一个人出发嘛。"我说。

"啊，真想看看好久不曾看过的日出。"

我不知道他是想看日出呢，还是打算明天我早起的时候和我道别。

同伴的三位大概是有些警觉吧，提前回另一栋的他们的房间去了。

年长的作家和我谈五十岁或六十岁的性欲与体力等闲话，然后钻进了被窝。我吃了半片高效安眠药之后，不大工夫就睡着了。

但是，从晚饭时候起直到钻进被窝，我在电报里说的"民子之事请放心"那句话，一直没离开我的脑子。还有，时子一生中的某些段落也在我脑子里时隐时现。

时子嫁来的时候，我在学校所在之地既没有家也没有直系亲属，只能住在学生宿舍，假日回表兄家。头一回看见表兄这位新媳妇时的印象是这样的：胖墩墩的，走起路来有些横向摇晃，但走在席铺上还算脚步轻盈的。我和表弟们都是中学生，比我们学习的屋子稍低一些且往前伸出去的一间，便是年轻夫妇的寝室。

没过几年，表兄带着艺妓来到东京。邀请我同游箱根和日光，让我睡在他们隔壁的房间，我觉得挺别扭。带着艺妓游山玩水，还让我同他们到处走，我觉得表兄纯粹是一番好意。事实也确实如此。但是，表兄回大阪之后，姑母的信就到了，叮问我，表兄来的时候是不是带着一个女人。这下子可把我难住了，我后悔不该和他一起出游。他带的那艺妓，鼻子低，眼睛很大，圆脸，皮肤白净，使我这个二十岁左右的大学生也觉得很有诱惑力。好像是个很温顺的女人。后来姑母说，她的手段可厉害了。我从来不相信女人有什么所谓的厉害手段。

表兄不务正业，再加上投机倒把，他乡下殷实的地主之家很快就一败涂地，把房产卖掉迁居大阪。时子带着最末一个女儿民子和他离了婚。表兄耽溺于世俗，有时靠老婆和女儿干活赚钱活着，后来的事我听时子跟我说过，然而忘了。我对别人生活上的事总是大致全给忘掉。

我领民子做养女的时候，时子和民子的生活虽然不轻松，但生活毕竟是平静的，可以说民子是在无垢的环境中长大的。十二岁的民子不会划火柴，不会打鸡蛋，不会削果皮。民子刚见到我们的时候就跟我们非常亲，一心一意地做我们的女儿，我是觉得很奇怪的。

这个孩子的梦，到了我们家之后当然受到了损伤。其次，这个孩子与生俱来的悲哀可能也在我们家里加深了。

今年十八岁的民子对我妻子提出要求说：

"妈妈，请给我也买个手提箱吧。"这要求，我并不吃惊。对我的爱令她感到无奈或苦闷，才使她想要离开这个家。亲子夫妻的结成，从另一方面来说也是一种束缚。民子已经自己把自己和我们绑在一起了。什么时候会分离，这想法没有一刻消失过。特别是对于一个女孩子来说更是如此。

民子之所以说出要买手提箱，也是因为妻子常常拿出手提箱来。据妻子说，将近二十五年以来，不想离家出走的日子连一天也没有过。她说，在不该待下去的地方一直待到如今。这和我没有一天不想到死，一直想着不该活在这个世上然而却活到如今的说法，有某些相似的夸张。不过这话并没有对别人说。妻子看起来是乐天派，另一方面却是厌世的性格。但是，不能使妻子平心静气地过她的生活，当然是由于我的性格和职业造成的，也是妻子的自作自受。我们夫妇也不是极特殊的例子。

妻子的不安也反映在民子身上，而且它也加重了民子的不安。人生命本身的不安，民子应该是已经有了的。人容易把生命的不安弄得和自己关系十分密切。但是，如果民子和她生母生活在一起，不用说那一定平平安安。尽管如此，但是她终于和她生母分离了。

我虽然没有因为使民子和她的生母分离这件事耿耿于怀，不过现在到了死别的时候，我却不可能对让她们生别七年之久无动于衷。

在尾道的旅馆里，我六点准时醒来，立刻起床。那位说六点叫醒我的女服务员六点二十分才来。年长的作家也起来了。另一栋房的三位也来了。快七点的时候，前往濑户内海的一个小岛上去看旭日初升。我们看到了初升的太阳。

我一个人提前吃饭，然后上了车。

"啊！把牡蛎忘了！"

"装上车了！"桑田说。

广岛送给我们每人一升酒、一桶牡蛎作为礼品。拿着这两样东西没法走，昨天晚上同伴说，干脆只带牡蛎吧。

我说："参加通宵守灵的时候就有用了。"

桑田到车站来送我。在车里我对桑田说了他妻子不孕的原因，果然一言中的。桑田他们也和医生谈过。

"既然这样，那就没什么大不了的。不用动手术也行。"我这么说。而且我露骨地用滑稽的语言说了那手术，桑田的脸有些红了。

桑田的妻子也到车站来送。她是从一眼可见的前方小岛上坐渡船来的。面朝大海的这个车站，我总觉得它很新奇。

在车站的站台上我对桑田的妻子说：

"上东京的医院去一趟，生个孩子吧。"

"孩子倒不希望有，只要这位轻轻松松地就行。"桑田的妻子这么说。

我想着这到底是怎么回事呢，不由注视着她那矮小身躯的肩头。

我按照同伴给我安排的时间上了车，我还不大清楚，原来这趟车不是快车，从尾道上车，用了七个钟头，快到下午三点的时候到了大阪。在车上听说这山阳线沿途风景没多大变化，我来的时候也有同感，就把稿纸放在膝盖上，能写便写一点，不能写也无妨。倒不是为了赶走火车里无所事事的寂寞，主要是想摆脱掉广岛的原子弹灾害和养女母亲病危的影响，暂时让自己属于自己。实际上这五六天以来属于我自己的时间根本就没有过。

从尾道到冈山，只有半节车厢是软席，乘客全是铁路职员，我感到特别别扭。

著名的美术史学家写道：火车过了播州路，眺望一下从备前到备中的风景，固然有起伏平缓的山山岭岭，也有类似浦上玉堂①笔下山水画中佛手山药式的山。脑海里之所以容易想起玉堂的画，是因为我记得中国一些地方的大自然造成的那些山就是那个样子的说法，深深印在脑海里，但是尽管我时时眺望窗外，而实际上看到的类似那样的山确实不多。这位美术史学家也说，佛手山药式的山水中的山，大多分布在从冈山渡过四国②的宇野线上。

听说玉堂有名言曰"画山须画成男根，画谷须画成女阴"时，我曾大为惊奇，而且颇受打动。此刻我在火车里想起这些话，觉得玉堂的画里全是这种形状的山和谷。然而我对于有男根一样的山、女阴一样的谷那类玉堂画并不喜欢。听到那些话之后再看画，却觉得好笑。我不知道玉堂是不是真说过，但是在有志于脱俗的南画家之中最脱俗的玉堂，不会随便信口开河，如果确实说过，那也许从

---

① 江户后期的文人画家，名弼。生卒年不详。曾仕于藩镇诸侯。致仕之后纵情于弹琴、绘画。其画以诗情洋溢的水墨山水著称，别具一格，极富个性。
② 日本的四国地方，即四国岛。古代为阿波、赞岐、伊予、土佐四个诸侯国。现在为德岛、香川、爱媛、高知四县。

中国古已有之的阴阳学说有感而发，想到一位孤独隐逸的琴士在寂寞漫游之中画了男根之山、女阴之谷，我倒以为凄凉而有趣。

玉堂带着十六岁的春琴和十岁的秋琴离开冈山藩镇而走出家门的时候，比现在的我小一岁，正好五十岁。

玉堂一派的琴音微细，玉堂本人喜欢琴声幽静，有人问他《源氏物语》中的琴与波声相和是不是因为在船上听到的才有如此感觉，他回答说，那大概是合奏吧。我坐的这趟火车到了须磨明石①。我曾看过舞子海滨的松树，我在镰仓听说舞子的松树枯了，便去看了一次，徘徊良久。

镰仓硕大的古松从战争中期开始枯萎，似乎象征着日本走向衰微一般地枯萎了，枯得成了红色。昔日生机盎然的绿色丝毫不见了。我在战争日趋残酷的时候，从月夜的松影中常常感觉到古老的日本。我虽然从战争中过来，但是不胜悲哀之至。日本十分悲惨。那时我担任街道的防空组长。因为白天待在家里的男人只有我一个人。然而我的夜间写作却没有变化，所以让我夜间值勤。一有警报我就到处查看灯火。本来是该把班组各户的人都叫醒，但是我也不叫他们。我觉得在空袭警报之下还睡觉的人实在是值得可怜的。

在两座小山之间狭窄的山谷，危险就很少。房屋盖得零零散散。灯火全熄了的山谷里，根本看不见哪里有人家。由此我想起了没有电灯和煤油灯的旧时代。我也觉得自己好像是夜间在没有人的山中走夜路呢。这种时刻我感受到日本的自然之夜。虽然不过是常见的

---

① 须磨为神户市西部南海岸之地，与白沙青松之须磨浦相连，隔明石海峡与淡路岛相对。明石自古即与须磨并称而以风光明媚闻名于世。因《源氏物语》中的光源氏曾流放于此而为该书的帖名。多古迹。

山谷，但是晚秋初冬夜间的霭和雾，有时突然一阵的寒雨，把这小小的夜景遮住，化为巨大的夜景，使我感受到日本古老的夜晚。

月夜就别具一格了。根本没有人工照明，因此我也觉得自己体会到了昔人对月光的感受。镰仓那路旁古老的松树最能显现出月光的风采。没有灯火的夜晚仿佛总有什么声音。为了警惕空袭，我到处转悠着察看；站在夜寒的道路上，我感到自己的悲哀和日本的悲哀融合在一起。古老的日本令我漂流到现今。我觉得我必须活下去而泪下沾襟。我想如果自己死了，那会是一种衰亡的美。我的生命并非我一个人所有。我想我是为日本的美的传统而活着的。人只要活下去，感到自己活着的意义的时刻迟早会到来，我就是为此才活下去的，想以战败国的悲惨强化自己活着的意义，那也许是始料不及的避难处。

这样，日本一投降我就觉得自己已经死了。从此以后，我以为那只是所谓残生，因此我想把许多东西扔掉。把愤怒和悲痛全都扔掉。这也许是一条软弱无力的逃走之路。但是，我所尊敬的文学家们，身心为战争所苦而死去的人很多。有大恩于我的先辈，我最亲密的朋友也死了。三十五年之前至亲骨肉就辞世而去了，然而我却不可思议地活了下来，这不能不说是个奇迹。而且国家濒于残破，我犹如身受切肤之痛地感受到，生逢今日之日本是无可逃避的宿命。这种切肤之痛，一方面趋向旧的日本，另一方面趋向于广阔的世界。

我的厌世避人的倾向，以日本投降为界，愈来愈深。我对于什么事都不深入思考，既没有敌人，也不招人憎恶，虽说厌世但是程度尚浅，虽然嫌人然而人缘尚好，可能不过只是无端的悲伤，莫知所以的心烦而已。所以我没有像往昔的厌世家那样，隐遁于小小的山村，孤独地住在那里。

但是，战争刚刚结束我就担任了一个新出版公司的董事。一个本来想隐遁到小山村的人，居然每天往最热闹的日本桥最繁华的地方跑。这样，我就得救了。自己内心的悲伤和惨痛被外部事务给分散了。本来不愿见人的我也不得不在人前露面。出版界的景气使我们的出版公司顺利发展。战争中的悲惨和苦闷，单纯地说就是对国家民族之忧，而这种忧虑此刻已经离自己远了；但是投降之后却突然变得复杂了，觉得仿佛自己被推倒在地一般，这时才看清日本这个国家和人民缺乏人情。但是我每天忙于到公司上班，也就分散了这些思虑。我根本不接触经营管理上的事，所以也就比较轻松。

我担任了日本笔会的主席。作为非社交型的日本作家的我，既不会英语也不精通外国文学，担任国际笔会的主席，连我自己也觉得滑稽，但是我觉得这事也不能想得太困难，和自己的作品受到批判时因为其中有骂人的话而不能很好地读下去是一样的。不过我并不像外表那样，也有精于事务和社交的一面。作为笔会的代表前往欧洲，对我来说实在是不合适，我实在不感兴趣，而且我一直被这样不太沉重的担忧困惑着：一旦去了也许就不再回日本了。我非常害怕出国的事。既没有国境，也没有人种偏见，所有民族在世界上任何地方都能自由平等地居住，既是我的理想，从交通工具和科学武器等的发展来看，我也确信将来会是这样，和日本现在的悲惨远远不同。战败之后放眼一瞧，我不能不想到，日本从一千几百年前就是一个悲惨的国家。自己本来就是个末世亡国之民。

仿佛濡湿落叶的秋雨一般的思绪，不论去出版公司上班的时候，还是出席笔会的会议的时候，都挂在我心上。我的生活态度是不抵抗，所以没受大伤。形形色色的矛盾在我内心没有激烈的纠缠和斗争，所以一切听其自然而去。

我对自己命运的坎坷和举步维艰哀惜不已。通宵写作的桌上放着小小的美术品，让它鼓舞我。我自己也许已经想到那不过是个鼓舞而已。这些小小的美术品无非是罗丹的《女人之手》，大阪府的报斋童子面具，田中长次郎的红乐瓷茶碗，不敢肯定是藤原或者镰仓的女神像，等等。这些东西不全是我自己的，也有借来摆一摆的。越是古老的越有新的力量。我一方面感受超时间的美，同时也感受时代的宿命。

我们的出版公司开张四年就摇摇欲坠了。因为我几乎不参与经营，所以没有任何责任，渐渐地告退了。但是到了摇摇欲坠这一地步也实在令人惋惜。说起来我也有责任，也感到痛苦，那就是该付给许多文学家们的稿费和印数稿酬没有付，相处极好的职员一个接一个地离职。即使我自己去职暂且不论，可是最后我对谁也没有帮上忙，对谁也没起过作用，所以我对自己绝望了。绝望还来自别的方面。好像我对自己，也是没什么用处地活着。我简直不能使我的妻子有什么满足，让她足够地放心。仔细分析，我是一个对别人毫无用处的人，对自己也是一个毫无作为的人。夜间的生活全是在悲凉之中过来的。像这样，死了固然很惨，但是活着也确实毫无情趣可言。我迫切希望精神上的运动和解放。

我很想茫然地独处，但是访客、住客依旧很多，因此，累得我发火，工作、睡眠、思考、休息无不受到干扰。被客人缠住的时间比工作的时间还多，会客的时间比睡觉的时间还多。醒来一睁开眼睛，客人已经等着了。从外边回来时客人早已在家久候了。这两种情况特别让人心烦。我从以前就半是无奈半是自嘲地戏称自己是"接客员"，有时动了肝火，对妻子发脾气：

"我的家不是旅店！我可不是为客人活着的呀！"

有一次我嘲讽妻子：

"喂！开个旅店吧！眼下小小的旅店也生意兴隆。从住一个星期的到一住就是一个月的，不是很多吗？"

但是妻子也因客人多而常常累得病倒。

我常常因为客人毫无意义的久坐不走和住下责备妻子，说这都是她的为人造成的。我的客人无一例外地全成了妻子的客人，这成了惯例。客人久坐不走或者住下，这个惯例确实成了主要原因。到我家来的客人，大多立刻从他个人如何如何直到自己的隐私，无不对妻子抖落得干干净净。我固然为妻子这种使人足以如此信赖的德性而吃惊，但是正因为如此也就造成了我的时间被占用的结果。客人要对我说的话是先对妻子去说。似乎我这个人的性格使别人不容易搭上话，妻子的为人总让对方觉得很容易搭话，这也许能以其所长补上我的短处。但是，本来就不善于归纳整理又不善于分清次序的妻子，为了接待客人更是毫无节制，过着忙忙碌碌的每一天。

但是据妻子说，我的时间被客人占用，原因在我。我被客人累得够受之后，我们俩都说原因在对方，争论起来，弄得很不愉快。女儿民子也是生性不愿和人打交道，而且她还不容易很快就和人熟悉。我们夫妇认为民子不善于接纳他人。民子从客人极少的时子之家来到客人极多的我们家，似乎也被客人们搅得不得要领了。住下的客人走光了，一家三口吃晚饭的时候，妻子和民子都说：

"可喘了口气！"

"今晚上早睡吧！"

有客人来肯定是好事，得了一年到头客人中毒症的我们一家，如果有那么一天没有客人，反而觉得没着落，可怕的是客人不了解我的工作情况和我们的情绪起伏就来了。我的心情沉重时，客人的心情也沉重，我的心情阴暗时，客人的脸也阴暗。因此，当我家客人很少的时候，我就像无法长时间待客那样难耐悲凉。因此才去了广岛。

出发之前工作了一个通宵，而且从大船上车之后十八个小时也没有睡好，下午三点之前到达广岛，到广岛又从火车站直接去了市内看原子弹爆炸的遗迹，傍晚到了旅馆，刚刚消停了一阵又听无线电录音，随后是出席市长的招待宴会，就在这个宴会席上我打瞌睡了。可是第二天上午又出席在市议会召开的关于建设和平城市的座谈会，下午出席在中央公民馆召开的"为了世界和平"演讲会，傍晚出席在河滨会馆由广岛笔会主办的座谈会。第三天上午访问红十字医院，在广播电台吃了午饭之后，座谈和录音"关于广岛的印象"。然后在市政府和约翰·赫西的《广岛》一书中所写的人物们座谈。据说结束之后去严岛，这日程安排实在紧张得要命。不善言辞而且以此为苦的我，对于那些座谈会、演讲会只能适可而止地对付过去。其次，屡屡有人询问我对于广岛的印象如何等，这也表现出我的弱点。实际上这么匆匆忙忙，不可能有什么印象，我只想留待日后慢慢地观察，所以就没费心思而茫然地过去了。尽管如此，我在广岛还是受到强烈的冲击。我说在广岛有了起死回生的想法，那也许是自己私下里的夸张。

我不仅为这一想法高兴，而且自己也吃惊，自以为耻，自己怀疑。自己要生存下去，也许就不能不顾及工作中的林林总总。我对于在广岛受到的冲击是否形之于外是犹豫的。人类的惨祸震动了我。二十万人之死使我对生有了新的想法。

不过我也思考了宗教家们想到自己生之龌龊与贫困之难耐，看到人们的悲惨而发心愿的说法。文学是靠吞食自己或者别人的悲惨而活下去的。从原子弹在广岛爆炸已过了四年，以我说，我们不过是看战之遗迹而已，我虽然是天性上就分不清悲剧和喜剧的人，但是头一颗原子弹造成的广岛悲剧，坚定了我希求和平的心。我对于太平洋战争中的日本是最消极的协助者，也是最消极地抵抗过的人，对于今后的战争与和平恐怕也许就是这么个态度，这是因为我在广岛再次想到要为和平而活下去。

我在广岛的讲演会上朗读了我对威尼斯国际笔会大会的致辞，以及在日常工作中坚守和平的世界文学家和平宣言。那宣言上说：

"参加国际笔会第二十一次大会的作家们再次宣言：超越所有种族、政治、社会的不同，以文化与艺术的名义，表明反对新战争的威胁，所有不同意见与各民族间的争执，均可以和平的讨论求得解决，而且必须解决。在这个理想和希望鼓舞之下，国际笔会第二十一次大会希望，尽管种族、民族不同，在艺术与文化领域已经达到的可喜的理解，在政治领域也能实现。"

这是来自世界各地聚会于威尼斯的五百名文学家的决议和宣言。

不过，虽有理想和希望，但现实是复杂的。

我常说："现在和平运动本身成了战争。"如果世界上两种势力的战争不可避免，那么，世界和平运动就成了削弱敌方战力的运动。

我也常常出现这样的疑问：日本和削弱别国战力的企图根本无关嘛。

今年夏天，我本来知道镰仓的和平大会是共产党幕后主办，但是我照旧起草宣言，并且宣读了它。这一行动引出了可笑的结果，有的说我给共产党添了火，有的说我泼了水。我不属于政党，希望世界绝对和平，日本绝对中立。现在亚洲还有战争。也不能说我们内心已经没有战争。

而且，没有武装的日本的中立，一旦有事，只能是无抵抗的。从今天日本的和平运动来看，也许只能是温室之中的，或者是门槛以内的运动而已。我所说的和平，是指人身既不感到压迫也不感到危险。

但是我在广岛想到，把国际笔会威尼斯大会宣言的理想与希望，同现实对照起来，持怀疑态度，知其矛盾，感到有逡巡之处，是因为希求和平的愿望还不够迫切。我们对和平的爱，可以脱离现实的政治。只有我一个人为了活下去，寻求心灵之粮食，对和平念念不忘，这样也可以。

简而言之，我愿意写广岛的原子弹悲剧。对于我来说，仅此而已。实际上写还是不写均无妨，反正我只是想写，我想到我要活下去。

正像我从战争中的日本活过来而感到可悲一样，从原子弹下的广岛活过来也是可悲的，所以，如果写广岛，也许纯粹是悲哀的记录，并不希求和平的人是写不成的。正像战败的悲惨之中我还想能够活得下去一样，广岛的悲惨也照样使我想到希望能够活下去。

火车过了神户，我要做下车的准备，从行李架上往下拿牡蛎的时候，桶里的汁流了下来，滴在挂于车窗旁的大衣上。我用手纸揩大衣时，车就快到大阪了。为了准确无误准备再一次查查民子生母的住处而掏住址簿的时候，老花镜的镜片掉下来了，车一摇又把眼镜框碰断，是因为刮在橘子筐网上扯断的。

民子的生母家，据说在私营铁路的车站附近，我既不知道那车站名称，也不知道在哪里换车，我想，在国营铁路的车站下车可能可以乘车前往。我一只手提着手提包，一只手提着牡蛎桶和橘子筐，这一边非常沉，虽然是十一月三十日，可我却出了汗。

桶和筐的绳子又细，下了车从车站出来，我的手指就疼得不得了，偏偏又赶上下小雨。这个车站向来不像一般车站前那样十分热闹，而总是冷冷清清，我站在这里张望了一阵，就到车站前的小卖店打听有没有汽车或者三轮车。

"你呀，没什么坐的啦，你就甭等。都是拿腿跑的啦。"

"糟透了！"

我告诉他我去的地方，问问离这里远不远。

"远倒不远，也就是半里吧。"

我只能徒步走了，求车站员把东西存在小件寄存处。

"小件寄存处暂时停办了！"站员回答说。

我简直没有想到！尽管从前的蒸汽火车站如今已经改成电气火车站了，可是应有的却反而没有了。三十五年前，我在这个车站下车上车，坐火车到下一个车站所在的中学去上学。我、民子的生父和她的叔叔都在一个学校。我就住在这些表兄们的家里。我的祖父去世之后只剩我一个人，我把我的家抛下，伯父家收养我，我去他家的时候，还是从这个车站乘人力车去的。然而三十五年之后的现在，连人力车也没有了。

我在车站前纵目瞭望，没有一个存东西的铺子。我想暂且到站前小旅店里歇一歇再说，便想出站，可是一问在这里摆摊卖晚报的孩子才知道，离这里两三条街远的地方就有出租汽车铺。我可大喘了口气。我还得知站前那家咖啡馆后面，就有寄存自行车和小件东西的地方。我先把东西寄存起来，然后去找出租汽车铺。像个木材铺一般的铺面有两三辆轿车。旁边又有一辆灵柩车。原来这里也是殡葬店。我不由得苦笑，也预感到不吉利。不过，既然基本上去参加葬礼的，坐殡葬店的车去也没什么。女老板出来说，因为到月底司机去收账了，夜深才能回来。我一筹莫展，便坐在门厅里歇脚。当我说出民子生母住的街名时，女老板说：

"府上昨天今天，都没来人找我们办丧事呀？"

"啊，我在家的时候还没听说哪。"

我想，也许民子的母亲还没有死，也许能见上一面，我便站起身来。

"什么可坐的都行，卡车也好，自行车拖车也行。"

"你走着去也用不了半个钟头。"

"又下雨，又带着东西呀。"

"当家的没回来，他要是回来的话，让你坐在自行车后边也行啊。"

"可也是。好，我就走去吧。"

我沿着铁道往回走，按女老板所告，正要拐进一条宽道时看到，那拐角处也有一家殡葬店。

我想："这边准近些。"想问问是否请他们代办了丧事，但是铺子里一个人也没有，只好作罢。

那条宽阔的道路笔直，它是把旁边的一座小山的山脚削掉而修筑的，另一边便是田地。民子生母的住处说起来是市内，但是离市区遥远，很像农村。自行车已经打开灯了。我走过私营铁路的道口，然后往回折。走进铁路前面的稍高处一个小住宅区，我找了一通，却没时子的家，打听了两三次，可是没人知道。这附近有一所小房子，我想时子可能就住在这里，可是一问近处的人，都说不知道，我的心不由得犯了疑。有人告诉我，走上这个高处之间的小道尽头处的最高的那家就是。此时不知从哪传来类似佛坛前的钲声。我不由得一愣，但是不知道那钲声传来的方位。我绕着那高岗的边缘朝后面走去。登上长满筱竹丛的小路，到了岗顶，在这里找到时子的家。然而这个家却非常安静。

到门厅来迎客的是波子。

我说："妈妈呢？"我漫不经心地说了一声"妈妈"。实际上应该说"外婆"才对。波子一看见我，表现出很高兴的样子。

这就说明民子的生母还活着。

波子是民子姐姐的孩子，她外婆时子嫁到这家时把她带来了。我们领养了民子往回走的时候，波子已经是个过于精明的三四岁孩子，现在她已经长到和当年民子到我们家差不多一般大了。

波子跑进去之后，这家男主人大江出来了。他穿着棉袍。一看便知道是位朴素和善良的老人。

时子起初得的是阑尾炎，化脓以后又错过了手术的机会，打了青霉素。阑尾破裂以致有引发腹膜炎的危险。但是发病之后两三天，两个医生诊断结果不同，都没有弄清楚，发高烧之后影响了心脏，又有尿毒症的危险，时子本身也说这场病好不了，所以才给我家打了电报。心脏病、脚气和肾脏功能障碍，是时子的老毛病。民子她们姐妹都有她母亲的遗传。

时子脸上蒙着湿毛巾躺着。我坐在她的枕旁之后看了看她的脸。然后说：

"我是定家，放心不下所以赶来了。还不错嘛。"

时子把毛巾移到额头上，她说：

"真对不起。您挺忙，又这么远……这么脏的地方让您……实在是……"一向礼貌周到的时子深致歉意之后，再三述说她发了高烧，痛苦不堪，想到自己快死了，想见民子一面，所以才打了电报，等等。

我说："民子和宗子马上就一起来到。我是从尾道来的，去了一趟广岛。民子是从镰仓来。"

波子过来坐下。

"这孩子一个人，没人照养，所以就到我这儿来了，真不好意思……"

时子似乎向我表白不得不再嫁的道理。平常就相当胖的脸，此刻有些浮肿，眼睛也不能睁大，但是还有血色，看不出危在旦夕。不过她一生的苦难却使我不能不去想。

从尾道拍给临终人似的那封电报，似乎没有交给时子，因为没有必要交给她吧。

我退到旁边的房间喝茶。宗子和民子坐的是特快和平号，六点到达大阪车站。据说，民子的姐姐夏子和明子分别等在车站的东出口和西出口接她们。我一看表才五点，便决定也上站里去接，于是大江也说去接。大江是没有必要去接的，大概是听说我要去他就不

227

好意思不去吧。女用人取我寄存的东西去了，大江也去，家里的重病人就等于交给年幼的波子一个人了，我对大江说了这番道理就先走出门去，可是大江却在棉袍上披了一件呢子外衣也没戴帽子就追了出来。

我刚才是从高岗后边转过来的，实际上路就在门前。走下那条宽阔道路时，已过五十的瘦瘦的女用人穿着高齿木屐，弯着腰走上来。

我们来得意外之快，差二十分左右到六点的时候到了大阪车站。买了站台票来到和平号停靠的站台。找到夏子和明子时，我举着手走上前去。她们俩对于我比民子到得还早无不吃惊。夏子向我谈了她母亲得病的经过。

民子的生父也就是我的表兄和时子的娘家哥哥，两人分头在车站的东出口和西出口等着。

"好大的接站队伍啊！"我说。

"准是硬座，大概在前边吧。"

和平号列车还没停稳，妻子和民子就从车窗里看见我们了。民子好像满不在乎似的下了车。

"民子！妈妈没事，别担心啦。挺好呢。"我这么说。

我们家的惯例是按民子小时候的习惯，称她的生母为"妈妈"，称"母亲"就是指她的养母，也就是我的妻子。

"阑尾炎，只要打青霉素就没事了。"

让民子和她的两个姐姐先走，我和妻子在月台上慢慢地走，大江一个人远远地落在后面。

"不是病危，没到那个程度。我还以为赶不上了呢，我想，只能赶上葬礼啦……"

"我一接到电报的时候……"

"我的电报看懂了吗？"

"嗯，可是……你一定说我。赶快处理啦。直让人泄气。"

"反正你这个人就是这样，我想大概是这么个事。什么时候？"

"二十八日。"

"怎么？我的电报成了马后炮啦？"

妻子二十七日接到时子病危的电报立刻去了东京，二十八日再去东京，到两家出版社借了钱，看了牙医，买上特快车票回来的时候就出血了。

"简直是不可思议，让人觉得别扭的是，眨眼之间就像根本没那回事似的好啦。"妻子这么说。

民子因为发烧，二十九日没有动身。

明子给打来电报：

一切都好，请放心。

电报是二十八日打来的，那时妻子去了东京没在家。

是不是民子生母病危带来的一通折腾，导致我妻再次流产的？

但是妻子是真的怀孕而流产的么？我是半信半疑的。不过妻子什么也没说。

水晶球

那是前天晚上的事，因为要坐早晨的特快，妻子似乎没有看医生就来了；考虑最近以来妻子的身体状况，好像是真的流产了。

这样一来，妻子可能是命中注定没孩子的女人了。如果这是老天的安排，那么，老天的降罪是应该由我承担的，我的心仿佛被一个冰凉的东西刺痛了一般。不过，我既不信命运也不信天，所以没什么了不起的恐惧感。但是，我看着没有孩子的妻子，自己内心是痛楚的。同时我也希望孩子能分担妻子这份不安。

"民子今天能不能动身，从昨天的情况来看，我是挺担心的。"妻子这么说。民子的感冒，从我离开广岛那天起就好像旧病复发了。

"昨天民子起来了一次，可是发烧，头疼，摇摇晃晃迈不了步，什么也没有吃，只好再躺下。我想她不可能坐夜车来。今天早晨她就没起来，不知道现在怎么样啦！"

我说："没事儿吧。"

我想，民子的病因为兴奋和旅行，可能反倒很快就不药而愈。但是妻子又怎么样呢？虽然眼前没有显而易见的衰弱，但是怎么能保证日后就不落下毛病？

妻子跟我说了向出版社借钱的事。一家不那么痛快，一连跑了两天才拿到。

"啊。既然收到情况良好的电报，用不着急着慌着不也挺好的么？"我表示了不同的看法。

"话虽这么说，谁知道病什么时候会怎么样呢？"

"你要是给我也打个电报，说那边来电报啦，说情况良好，可是你没打……我不知道这回事，所以光想着病危，光想着赶不上见面了，就风风火火地赶来了。"

"以为你有工作要做，准不能来。"

"那我也得来。知道病危那怎么能不来呢，工作还怎么干得下去呢。"

"太对不起啦。"

"可是借这个机会让民子和时子见见面也好吧。"

此时我也放心不下，把一个年幼的孩子波子一个人留在家里，大家都来接民子她们，大江也来了，这时候如果阑尾破了，说不定就出了麻烦。因为现在她还没有脱离危险。

在站台尽头处，走在前头的民子三姐妹和后边走来的我们夫妇以及大江，会合在一起之后，从西边的出口出来。

说是民子的生父和时子的亲哥哥分头等在西出口和东出口，但是我们出来的时候谁也没看见。民子的两个姐姐找他们去了，我们就放下东西站在这里等着。

不过我们也慢慢地朝车站中央售票处和乘车口那边挪了挪。

时子的哥哥和他的儿子站在这里。时子的哥哥已经六十岁了。

六年前我们领养民子的时候，我们夫妇曾和时子、民子一起到民子她舅舅家里去拜访过，但是没有见到，此刻尽管已是六十岁的人了，却不显得老。小个子，挺着胸脯，很精神。和时子大不相同。他儿子也不大像父亲，瘦瘦的，身体比父亲弱。从东京的某大学毕业之后在出版社工作的期间，给同仁杂志写写小说和文艺评论。他常到我家来，我对于这位有亲戚关系的文学家没有付出很多的辛苦给以帮助。后来他回到故乡，现在已是当地知名的俳句诗人。他不仅写俳句，而且写了大量的新俳句论。

时子的哥哥从时子的娘家出来给三木家当了养子，任性而且放肆，既插手政治也搞投机，把养父家的产业折腾光了。但是到了老年，现在仍然保有着那幢老宅未易手于他人，这简直是不可思议的。我家也好，民子家也好，乡下的亲属们都失掉了祖传的房舍，离村而去。

我的祖父也变卖了祖屋离村而去，在三木家那个村里住过一个时期。大概是投奔三木家而去那里的吧。父亲在大阪当医生，我住在我父亲那里，我还没出生的时候父亲就在大阪。那时候时子的哥哥还是个孩子呢。三木家和我们家是什么亲戚关系我就不知道了。

我父亲去世之后，我祖父移居于我母亲娘家的那个村。大概是为了使我和母亲得到外公家的关照吧。我母亲的哥哥就是民子的祖父。但是民子是在我的表兄把房产卖掉、进城之后出生的。

"今晚上怎么办？"时子的哥哥问我，"住我家里也行，不然，现在就在大阪订下旅馆也行。"

我在大阪有熟识的旅馆，有人说想住在京都，正在这时候，民子生父和明子从东出口那边来了。我上前走了两三步：

"啊!"我轻轻低头行礼。我和这位表兄的寒暄总是这么简单，可是这回我却加了一句话："特地赶来，实在不敢当!"

"哪里，哪里。"表兄只说了这么一句。

我没有通知从尾道到达的时间，但是民子的生父、舅舅、表兄以及民子的两个姐姐都来迎接妻子和民子了。

这是大队人马的迎接!

我想，六年前我们领养民子返回的时候前来欢送的人全到了。那次欢送我们的时候，除现在到场的人之外，还有民子的母亲和她母亲的姐姐。然而这次迎接却加上了时子后来的丈夫大江。

我没有对表兄说此来是探时子的病。表兄站在离我们稍远的地方。六年前送我们的时候也是在这个站台上，表兄离他分手的妻子稍远一些，一个人站在旁边。

"民子! 这是爸爸!"她最小的姐姐明子告诉她。

"对! 民子，快问你爸爸好!"妻子也注意到了。

一直不声不响站在一旁的民子脸有些红，有些不好意思似的轻轻地点点头。

她的生父只是以目光应答，脸上有些苦笑。我也笑了。民子和她生父谁都没说话。

很可能这位父亲是让明子给抓差似的抓来的，也许想到对于我妻子也说不过去，所以才到车站来的，但也可能是女儿被他人领养已逾七年始终未见，纯粹是想看看女儿而来的。我把民子带走时，他们前来送别之后，民子和她父亲从未见过面。这次是阔别之后第一次相逢。

不过，我和表兄都已经年过五十，我只是若无其事地站在一旁。

也没心思琢磨表兄和民子此刻的内心活动。

"民子长得这么高了，您大吃一惊吧？"民子的大姐夏子对她父亲说，"路上碰见了也认不出来了哪。"

她父亲一声不响。

她们三个姐妹之中，她母亲只带了最小的民子离开那个家，所以民子和她父亲的亲缘最浅。无论怎么说，毕竟是她父亲让她母亲饱受其苦，最终抛弃了她母亲的。由母亲一手抚养的民子，与其说并不常常想念她父亲，倒不如说不大认识这位父亲更恰当。民子到我家之后，从来没有提过她父亲。我一提到表兄的时候，民子似乎有些害臊。但是这种害臊好像因为是至亲骨肉而感到羞耻。

她母亲和父亲分手之后，民子和母亲去大阪时顺路见过她的父亲。她父亲说带民子去吃寿司，幼小的民子是怯生生地跟去的。这个笑话是民子的母亲告诉我们夫妇的。当时坐在一旁的民子很难为情。

大女儿夏子和父亲特好，似乎是她父亲的心腹，她争强好胜，爱憎强烈，什么事都爱争个是非曲直，从小姑娘时代起就偏向她父亲，给她父亲出了大力，通过艰苦生活的磨炼成了一个很有本事的女人。夏子好像认为母亲背叛了父亲，这似乎是人们的误传。就在我们领养民子前不久，她还到母亲这个家来过。当时夏子在"满洲"的丈夫死了，回到父亲这里。不久就把她那年幼的孩子波子交给了母亲照看，和现在的丈夫结了婚。

和父亲在一起的时间最多的是中间的二女儿明子。明子性格温柔，不像夏子那么刚烈，也不像民子那么内向，和父亲很好，对母亲也不错。虽然跟着父亲没少吃苦，可是她一直性格开朗。民子对明子也亲热，有信来必写回信。关于她母亲和夏子的情况，都是由明子告诉民子的。也许民子只是看到夏子可怕的一面就觉得无法和她亲近。母女二人虽然过的是凄凉冷清的生活，但是一直被精心抚养长大的就只有民子吧。

今年夏季到来之前，明子为公司到镰仓出差时，借机到我家来过。我在去车站的路上碰见她，明子为了等民子放学，晚饭也来不及吃就去了，那天我没有从东京回来。但是，民子的亲姐姐中，到民子的养父母家来看她的，明子是头一个。明子得到的印象是民子在我们家很幸福。此后不久，杂志以卷头插图的形式登出了我和民子的照片，仿佛民子幸福的标志一般，在她们的亲属中传阅。

但是，外观和内在往往大不相同。明子因我是知名人士，便先入为主，看到我们虽然是租的房却是很漂亮的住处，便以为民子一定幸福，仅仅一次而且又是短暂的来访，也不可能一切都一目了然。实际上此刻的民子正为不安的情绪困扰着。

我和妻子使她有什么不安时，民子就以内在的不安加重这种不安。对养父母的信赖一动摇，对自己的信赖也就崩溃。民子似乎正在思考她没有得到的东西。

说起民子没有得到的东西，也许就是出人头地。其次是自己使自己幸福，自己使自己活得有价值。这些，她还没有。不过民子对此并不热衷和执着。她不过是个女孩子。她被身边的人爱，她爱身边自己相信的人，除此之外没有别的。民子容易满足，缺少耐力和毅力。我考虑，这样的结果将会怎样。我以为过度缺乏物欲，也是民子的薄弱之处。当然，民子也有喜欢各种事物的欲望，想做各种各样的事，这一点，我也粗浅地看到了。

但是，有时以为她没有魄力，然而有的地方她却很有主意，简直令人吃惊。直爽但固执。本来幼稚，但时时表现出意外的老成。可见，人是很不容易理解的。还有，不论我还是妻子，都不具备全面观察并理解民子的素养。也许恰好相反，我们这个家庭里，我和妻子自然而且准确地被民子观察了个仔仔细细。民子观察的结果虽然未说出来，但是在这种观察中，似乎甚至连民子的母性爱也逐渐觉醒似的显露出来。

仅仅是从旁观察，民子就会因为我们而感到不安，怀有不满，从幻灭趋向绝望，再进一步，就是用心了解和理解我们的缺点，但不嫌弃我们，而是把养父母当成令人无可奈何的顽劣孩子，这样的母性爱正在民子身上呈现觉醒的趋势。大概民子自己没有意识到这一点，但是这种苗头已经看得出来了。她对待养母更是这样。民子甚至对我偶尔表现出母亲对于儿童那般褒爱。这虽是女性的本能，我想到民子因为在我家里感到有此必要才有这种心态时，觉得民子既可怜也很可爱。

在一个狭窄的世界里，只有母亲一个人异常珍爱的民子，我们必须亲切地、用心周到地引导她，但是，我是一个大撒手什么都不管的人，妻子也有考虑不周的地方，我们两个人都是漫不经心、临时抱佛脚的人，没有个照应周全、有序可循的计划。我有时看到民子有过分天真、虚无的地方，不由得感到一阵发冷。不过在我们家里也许民子是唯一平心静气思考的人。

我这知名作家的头衔，似乎也成了民子的沉重负担。这负担便是她总觉得自己不配当一个知名作家的女儿。我感到出乎意料而笑了，然而她却认真地为此苦恼。她以为不配做一个知名作家的女儿，然而现实却的的确确是一个知名作家的女儿，现实中也因此招人嫉恨。她怀疑自己一无所长，原因之一便是我的名气。

但是我这个人从不介意人际关系，特别是从来不把它想得多么严重，一切听其自然，所以有的事上对于民子的苦恼无知到过了头的程度。我和妻子对人，是乐天派；对于自己，却是厌世的。尽管如此，民子作为一个养女，我这养父一开始就没让她感到不安和疑惑，所以正如算卦人对妻子所说的，民子是"天授之子"，这也许是民子的美德。

我不怎么相信所谓的幸福。民子来我家苦也罢、悲也罢，只要是出于爱，成为民子心灵的食粮，我就不计较别的了。从这里就能培育出原谅人的心灵吧。不能原谅人就没有爱的平安，真正的幸福只能存在于奉献之中，这话是有一次我对一位来访的年轻的太太说的，当时民子在场，她是听到的，民子当然知道舍身奉献的意义吧。

两三个月之前，妻子对我说：

"民子收到明子的信，信上大概说，最近想告个假到镰仓来，这回想住两三天。民子说她已经回信告诉给她，不来也罢。"

"嗯？"

我连第二句话也没说。

"吃惊吧。她心里不痛快。这就什么都清楚了。"妻子说。

"嗯！真让人吃惊。什么原因？……"

"啊，可不是。我没问……"

"是么？"

"那孩子讨厌别人来吧？"

话就谈到这里打住。我不愿意再问什么以探索民子的情绪。我觉得那样等于触摸我们的伤口。不过我心里十分平静。

我想到民子心绪很复杂。或者也许很单纯。民子讨厌人和人之间的繁琐关系。她现在似乎不愿恢复业已断了的同生母和亲姐的繁琐关系，也许因此不愿意她姐来。还有，也许她感到这种关系很让她郁闷。姐姐真心实意地说要来，可是她却好意思说不来也罢；就民子来说，如果不是至亲骨肉她也不会这么说。我倒觉得这是民子和她姐姐亲密无间的标志。因为民子知道我和妻子对明子都有好感，所以她绝不是不愿意让我们看到她这个姐姐。

这样就使我感到，民子是不是以袒护我们的心情对明子说不希望她来呢？是不是不愿意让明子看到我们一家三口现在的生活状况呢？是不是民子既袒护自己，同时又袒护我和妻子呢？这虽然不过是我的推测，但是民子被这种可能存在的心绪弄得惴惴不安。听了妻子的话我之所以心情平静，也是因为这种推测突然浮上心头的缘故。如果是这样，民子的心绪就有些复杂了。

民子寄出"不来也罢"的回信之后，今天要和明子见面，所以我想到她可能有什么顾虑，但是民子好像忘了个一干二净似的满不在乎。关于那封信，我对民子一句话也没有说，所以，民子是真的寄出去了，还是只写了而没有寄，我就不知道了。

说起复杂来，我们这些在站台上的人之间关系也够复杂的了。有民子她们姐妹的母亲、也就是时子的前夫和现在的丈夫相会，也许是第一次。她的前夫站在离我们夫妇和时子的三个女儿、时子的哥哥以及他儿子这一堆人稍远处，时子现在的丈夫大江也站在离我们这群人稍远的地方，方向正好和她的前夫相反。这两个人似乎根本还没有互相寒暄。

我看到，这两个人脸部某些轮廓好像有相似之处。

表兄大概是想到大江不会到车站来才来的吧。大江也应该是以为妻子的前夫不会到车站来所以才来的。但是谁也没想到碰在一起了，什么事也没有。相互之间早已不是波澜迭起的状态了，彼此只能看着时间平静流逝和可悲的人生自然推移。

只有民子一个人头一回看到生母现在的丈夫。我没有和民子提过时子再婚的事，所以民子对于生母何时以及如何再婚的情况一无所知。

但是夏子和明子作为时子的女儿，把大江那里作为母亲的家，始终往来不断。夏子把她和前夫的孩子寄养在大江家里。据说，她和现在的丈夫之间生的孩子，因为有病，一个月之前送到孩子的老家养病去了。明子在父亲家里，她常常到她母亲那里去。这两个女儿现在好像多少供养母亲一些，女儿的父亲至少是默认的。母亲再婚当然是这两个女儿同意的吧。父母分手之后十几年，是这两个女儿使他们自然和解、治愈创伤的。

唯独民子，因为被我们领养过来，当然无须找地方寄养了，她也没有为养活母亲而劳动过，也不知道金钱上的事。因为还在上学，称得上生活能力的苗头还看不清楚，所以我想，她怎么能知道姐姐们走过来的艰苦道路？她的姐姐们也许认为这就是民子的幸福。

从民子和母亲两个人过日子的时候起，明子就开始来看母亲。大概还是学生时代吧，她就不让父亲知道，偷偷地来。夏子也开始来看母亲了。母亲很想念明子，但她却有些怕夏子。这是她对我说的。民子到我们家之后，剩下母亲一个人了，两个女儿就更频繁地来探望母亲，她们的父亲装作不知道，夏子把孩子交给母亲之后再婚，母亲便带着外孙女再婚。就母亲来说是不是称得上结婚姑且不论，反正大江是个无依无靠的孤身老人。

大江把带着外孙女的时子迎娶过来，感到时子的两个女儿也是他的依靠，很希望她们到家里来。女儿们的生父也同意这件事。这样，大家都好，两个男人的将来都有个依靠。

女儿们的父亲有些闷得慌。大江只是茫然地站着。

我们现在就要去大江家，所以我想，还是在这里和表兄道别较合适，他也没有必要总是在这里站着。于是我就走到表兄身旁说：

"好，我们就去啦，等等……对，明天往您上班的地方挂电话吧。"

"没电话……"

我想他上班的地方不可能没电话，便说：

"是吗？那就往明子她们公司挂电话，问她我们能什么时间会面。"

我们从大阪车站旁边的百货店上了私营铁路的电车。时子的哥哥和他儿子送我们到进站口。表兄在这之前就走了。

在车上我看着民子的两个姐姐，我觉得她们都长得白净。明子还是个大姑娘，很活泼。夏子的脸总是板着，但是和六年前相比和善多了。大概是结了婚有了孩子的缘故吧。

车过淀川的时候我说：

"民子，从这里就能看见咱们家，挺大的房子哪！"我说着就从车窗往外望。天已黑下来，什么也看不见。

"对，能看得见院子里的那棵大米楮树。"夏子这么说。

我无论坐国营铁路的车或者私营铁路的车，从这里经过的时候一定望望这里村落的风景，但是没注意到米槠树。大概是因为我忘记了那棵大米槠树的缘故吧。

实际上我还没有弄清楚我从前住的那幢屋的屋顶，车就过去了。

"夏子是生在村里的吧？"

"对，我在村里一直待到四岁。"夏子说。

"准确地说，我是生在医院里……"

我想，表兄一家卖掉祖产，可能是在夏子四岁的时候。

民子是以后生的，所以她不知道那个家和房子。

民子也是第一次到她生母再婚的家。

"就是这儿。"

我小声地告诉民子和妻子。越过树篱，可以看到时子卧病的地方。似乎没有什么变化。没有木桩的树篱后面，便是稍微透亮光的玻璃门。

民子和我们夫妇从后门进去，在门厅脱下外衣。这时波子出来，想走近民子。波子喜欢民子，我听妻子说，上次民子来看她外婆的病时她就不离民子左右。

夏子和明子大概是赶快告诉她母亲说民子到了。我和妻子坐在离时子的枕头稍远一些的地方。

民子最后一个进了病房。民子拉开隔扇，进来就坐在病人的铺盖边上。

那气氛就是让民子好好看看生母，所以她的姐姐们坐在后面。

民子刚坐下来有些拘束，但是大颗泪珠顺着脸颊往下滴，控制不住的泪水把膝盖处的衣服弄湿一大片。

此刻夏子先开口说："妈，民子长大了吧，准叫您大吃一惊。"

明子也被民子的眼泪引得眼泪汪汪。

时子取下额头上的凉毛巾，本来就是细眼睛，此刻眼睑又有些肿，是不是看见民子了都很难说，嘴角动了又动，似乎控制着感情地说：

"民子，你忙什么哪，总不写个信来，让人不明白……"她责备民子似的这么说。

民子没有回答。她进来之后没说一句话，只是拘束地坐着，一动不动，脸几乎不往下瞧，大滴眼泪流个不停。

她生母时子此后也再没说话。

这时，民子两手掩面。但她没有哭出声，也没有抽噎，姿势不变，只是泪水顺着手掌流到手腕。

民子只是坐在生母病榻的下角处，并没有去她枕边的意图。

别人都退到隔壁房间去了，这些人无非是想让她们母女单独在一起待一刻，不过从民子的位置看不见生母的脸，也许从她进屋那时候起就没有认认真真地看看她生母的脸。

民子和时子各怀什么心思，我当然无从得知，也不想知道。不过，就民子来说，一别数年的生母就在眼前，她肯定十分难过。她来之前，她脑子里可能根本没有想象出她的生母的家，她生母过的日子，被疾病折磨得瘦弱不堪的母亲，竟是这般模样。我虽然一点也没想到民子泪如泉涌，如此悲不自胜，但是现在我感到了民子的爱，特别是哀怜的爱的涟漪向我涌来。同时对在我家的民子那种悲戚，也茫然地涌上心头。

这次是时子想到自己将不久于人世才想见民子一面的，现在总算活着的时候得见一面。

明子怕自己忍不住哭出来，便下厨房干活去了。

时子卧病的这间屋子是八铺席大小的，隔壁那间是六铺席。中间的隔扇开着，我们坐在这里。

主人大江孤零零地坐在旧衣橱前的旧铺席上。他从那里也许既看不到时子也看不到民子。他一直没有说话。好像只有他对于母女见面觉得像是他人之事一样，对于妻子的亲属们的举措无动于衷，夏子和明子对于大江的存在似乎也无动于衷。我在从大阪回来的车上几乎和大江没说什么话，现在也没想和他说上几句非说不可的话。在家里，大江对我们夫妇一定会注意关照，但他没有形之于外。在大江看来，由妻子前夫的女儿们和病中的妻子占领了这个家，甚至前夫女儿的养父母也赶来，把自己挤到屋子的一角，而大江自己也只得听其自然，此时我觉得这人好像古老朴素的木雕神像一般。

现在聚集在这个家里的人，就他们的关系和感情来说，要往复杂上想，也够复杂的；要往单纯上想，倒也单纯。不过是几条生命的小溪偶然地把它们的细流汇聚在半明半暗的一个老人坐像之前而已。

大江老人可能在娶时子之前，就是一个人住在高岗顶上这所古老的房子里。

寿司送来了，夏子招呼民子去吃，民子仍然以手掩面一声不响。

"民子，去吃吧。"我和妻子都这么说了，但是她既不点头也不摇头。

"民子，饿了吧，吃一个。"明子让她去吃，可是她依旧不答话。

民子的沉默无言使我感到心头沉重和抑郁，便说：

"没关系，等会再吃吧，先别管她。"

"先别管她好。"妻子也这么说。

"这人就是这样……来看望外婆的时候,一直坐着不动,而且一句话也没有。"

由此可见民子固执己见的倔强性格。但是民子大概也是不由自主的吧。现在固然伤心,但是也有过分爱面子的毛病。心软胆怯的民子此刻成了大家注目的对象,好像一动也不敢动,同时和生母这次见面又有些难为情。

我和妻子边注意民子的动静边吃饭卷。

好像波子很挂念民子,到她跟前来回跑了好几次。

看起来我们不能住在这里,必须去找旅馆。病人看出我们的意图,便痛苦地说:

"求您关照,让民子今晚在这里住一宿……"

她说话时声音有些哽咽。

"就这么办。我本来也是这么想的。"我这么说。

我到她枕旁去的时候,时子又把这话重复了一遍。

妻子从民子身旁走过的时候对民子说:

"民子就住下吧。"

我说:"就这么办,明天来接你。"

民子头一回点点头。

民子从进来的时候起就一直姿势未变地坐到现在,我想她腿已经麻了,无法站起。

大江和明子送我们到电车站。

夏子因为孩子闹病本来要回大阪,因为妹妹民子来了,所以就留在家里了。

一上电车我就对妻子说：

"大江为人实在不错！"

"真是个好人。说是无依无靠就他孤零零的一个人。时子找这么一个人不也挺好的吗？"妻子这么说。

"不错。可是今天这个家真够复杂的了。"

"真复杂。"

"民子今天真莫名其妙。那个样子净让旁人受窘。"

我想，此时两个姐姐一定坐在民子身旁，民子也舒展膝盖舒舒服服地坐着吧。

到大阪的时候是十点半左右，坐车去了位于土佐堀很熟的几家旅馆一看，这里幸免于战火而未被烧毁的只有三家，有一家二楼有一间是空着的。

我和妻子虽然安顿下来，但总觉得冷冷清清。也许是把民子撂在那里的缘故吧。妻子好像是前天流产的，其后，杂志社来人，说是交稿期限可以延长，希望给他们写个小说，并且求妻子带来口信，所以我也感到很有压力。

"这房间因为战争的关系，有些杂乱无章了。"我看看周围，这么说道。目光落在那架混合裱糊的屏风上。那上面裱的全是歌舞伎演员、作家们用彩色纸写的短文。作家中我认识的不少，都在这里住过而且留下墨迹。

从前我第一次到这里住宿的时候是四个人来的，都是我的朋友，其中有一个人去欧洲，我们来是送他到神户上船的。我的最相知的三个朋友全死了，只有我还活着。我想起我的朋友，同时也想到我自己还有一死，虽然古话说"未知生焉知死"，但是我想把其中的生与死颠倒过来更好。

我们想要民子做我们的养女，和她生父谈这件事的时候也是在这里。我把表兄从他们公司请出来，在这家旅馆楼下一个房间谈话。对于和民子她们母女业已分手的表兄来说，的确是突如其来的话题。表兄闷闷不乐，板着面孔，当场没有说一句痛快话。只说要和他姐的养子以及家里的女儿们商量之后再说便回去了。但是第二天上午表兄就带着两个女儿到旅馆拜访我们夫妇来了。表兄穿着黑花礼褂和仙台产的精品绸裤。一身礼服打扮又带着两个女儿前来，大大出乎意料，由此我也就感受到表兄的心意了。夏子当时还抱着她的波子呢。大家在隔壁的中国餐馆吃了午饭。

"到这个旅馆来投宿，是和表兄他们吃中国馆子那次之后的头一回。那天的菜可真不怎么样。"我这么说。

"是旅馆的人告诉你去吃的吧？"妻子问。

"你没注意到民子生父和大江的面貌有些相似？"

"你指的是轮廓？我也觉得相似。"

奔波了一天，觉睡得很实。

醒来打开窗户，快到正午的阳光晒进了屋子各个角落。我坐在朝阳的铺盖上慢慢地吸烟。说是给我们换了一间大屋子，我们便挪了过去。女主人端来点心，并向我们问候。

她说："多谢你的奠仪啦！"说完便把誊写版印刷的一个本子给了我。那是她阵亡的儿子的朋友把她那战场上的儿子写成小说，把稿子投给了同仁杂志，这本子就是该小说的抄本。旅馆的女主人寡居，她丈夫是著名的歌舞伎演员，唯一的儿子也是歌舞伎演员。女主人说我送的奠仪，是指她丈夫去世时的事，因为她丈夫是我的朋友。她接着谈了业已出嫁的女儿，说女婿在大学当老师，薪水不够开销，等等，女主人谈起女儿一家是挺高兴的。

我们也没有急事，溜溜达达地走出旅馆，看了看昨晚在大阪车站旁寄存的东西之后，就去了大江家。

民子眼皮有些肿，眼睛也有些红，但是她好像没待够似的显得十分自在。

"借了明子的衣裳，借了夏子的外衣，瞧，够逗的吧？"她说着就给我们看她的衣服。

明子常来看望母亲，常穿的衣服似乎也放在这里。

夏子的丈夫和孩子今天来了。和民子见了面，还和我们见见面。也许夏子正是为了让他和我们一家见一见才带他来的。她丈夫在大阪车站附近开一家铺子。此人浓眉厚发，脸是浓茶色。看起来人很朴实。我为夏子找到一个合适的人而高兴。这位刚烈的姑娘好像也心满意足。两岁男孩圆圆眼睛很像他父亲，很胖，看不出有病。说是得了小儿结核，一直打针。时子躺倒前不久，在这里养了一个月的病。现在抱在他父亲的膝上。

"我想，为了这孩子长大以后像您一样让人们羡慕，就从您的名字里取了一个'定'字，起名叫定行。"夏子语调极其自然地这么说。

"是吗？"

我吃了一惊，没有回答什么。

夏子再嫁我是知道的，但是嫁到何处，什么时候生的孩子，却毫无所知。夏子也没告诉我用我名字中的一个字做她儿子的名字。

夏子和明子从小时候就对我亲，我也相信迄今未变。我把民子带回镰仓的时候，夏子像刺猬一样，但是她没有用她的针刺我。这些姑娘们的善意，未必谈得上因为我扬名于世，但毕竟是把亲骨肉给了我。表兄、时子对于我的厚意盛情，即使他俩分了手，也丝毫未变。民子到我家之后如何，对待我们如何，或者即使仅仅以一树之荫、一河之流式的一宿一饭之缘而告终，我以为那也未尝不可，我能够以民子做养女，也是因为表兄这一家的厚意。但是，当我想起夏子以我名字中的一字作为儿子的名字，再看那孩子时，不知为什么，心头陡然升起一股莫可名状的悲哀。

对于别人待自己深切的厚意一无所知地过来了，这样的事不少，这是我随着年龄增长而来的感受。为极端的一例而大吃一惊，是两三个月之前发生的。不记得对方名字的一个女人写信来，那信上说，她为了我已经二十八年不吃牛肉了。二十八年之前，我当时正上大学，据说在这位姑娘的姑母家里和我见过面。由于我某一方面表现的亲切使姑娘动心，便爱上了我。这位姑娘听说我到她伯伯家去过一次，她便从大阪来到东京，寄居于伯父之家以便等我去相见。但是，姑娘害羞，对谁也没有打听过我的住处。既见不了面，又无法写信。只是因为她看我身体较弱，便许下心愿：愿我身体健康，长寿，出人头地，为此她三十年不吃牛肉。不吃牛肉的姑娘，嫁出去做了人妻也令人感到奇怪，就这样过了二十八个年头。再过两年才许愿期满。最大的愿望便是和我见上一面。但是，最近她母亲去世，深感人世无常，才给我写了信。这位姑娘信上说：她曾经遂心所愿结了婚，但是和对方离了婚，再婚之后有了孩子，现已长大。

我觉得不可思议，如今世上居然还有按古代遗风生活的人。而且那姑娘守戒的原因就是自己。我反复读了那长长的信，望着那不规整的笔迹，然而就是想不起那姑娘来。

不认识的姑娘虽然每年七夕把我的名字写在诗笺上，那不过是文学之爱而已，但是忌食牛肉三十年，这却是三十年的长恋，然而我却从来没有觉察地照常过我的日子，现在却是怎么也想不起这个人来。这对于对方来说，对于我自己来说，是怎么一回事呢。我能够像她那样痴心不改地爱她吗？但是我没想过她的爱是徒劳的。我没有写回信。

收到这封信的日子里，我常常夜深人静的时候两掌夹住一个水晶球默坐，据说那水晶球是宫廷妇女着盛装用的装饰品。雕刻得玲珑剔透的十六瓣菊花从两边抱着它，链子是银的。是一个相当大的水晶球，做随身装饰一定很沉。两掌相合夹起水晶球时，那些许凉意使我的心多少能够得到平静。

我感到看不见的爱，始终无从知道的爱，仿佛它只是流动于虚空，面对叙说自己三十年来为什么不吃牛肉的这封信，要说实际上并没有怎么吃惊也许倒是恰当的。

我总觉得夏子的孩子被这么养育着倒有些可怜。

时子肚子疼，因而表现得有些痛苦，大概是因为民子就要走的缘故吧。

夏子的孩子傍晚有些发烧，夏子抱在膝上，量量体温，摸摸额头，好像很担心。

时子的病痛稍退，我催促妻子回家。

"让民子再留下一天吧。"妻子这么说。

"啊！这个嘛……"我难以回答。

"民子！打算怎么办？再住一天？"妻子对民子这么说。

"怎么都行。"民子说。

"怎么都行不好。要依你的意愿行事才好。"妻子说。

民子似乎难以回答。夏子和明子都表情认真地沉默不语。时子也不好说让她再留一天。

这场合只有我说话了，我说：

"今天就回去吧。下次再来不也挺好嘛。"

民子大概是打算去换衣服吧，她去了门厅外，妻子随后也跟了去，站在门厅处说话，时间长了，夏子和明子等待她们，我有些等得不耐烦，便喊了一声"喂"，等了片刻，我就过去了。

"干吗哪？"

我小声地但是明确地这么说：

"民子，回家吧。我和你母亲接你来的嘛。"

"是！"民子爽爽快快地答应了。

我回到我原来的座位，民子立刻在她姐姐们的帮忙之下换好衣服。

我说："跟你妈道别。"

民子来到她妈枕畔俯首行礼，只说了一句"请多保重"。

时子的嘴抿得紧紧的，控制着自己的感情。

明子眼泪汪汪地去了厨房。

只有大江出来相送。夏子有发烧的孩子，明子也没有换衣服的时间，大概也很伤心吧。

（李正伦　译）

图书在版编目（CIP）数据

天授之子 / （日）川端康成著；李正伦，康林译.
—上海：上海译文出版社，2020.1
（川端康成作品系列）
ISBN 978-7-5327-8026-6

Ⅰ.① 天… Ⅱ.① 川… ② 李… ③ 康… Ⅲ.① 短篇小
说-小说集-日本-现代 Ⅳ.① I313.45

中国版本图书馆 CIP 数据核字（2019）第 072135 号

TENJU NO KO by KAWABATA Yasunari
Copyright © 1950 by The Heirs of KAWABATA Yasunari
All rights reserved
Originally published in Japan.
Chinese (in simplified characters only) translation rights arranged with
The Heirs of KAWABATA Yasunari, Japan
through THE SAKAI AGENCY.

图字：09-2012-117 号

天授之子	[日]川端康成　著	出版统筹　赵武平
		责任编辑　刘　玮
天授の子	李正伦　康　林　译	装帧设计　尚燕平

上海译文出版社有限公司出版、发行
网址：www.yiwen.com.cn
200001　上海福建中路 193 号
山东鸿君杰文化发展有限公司印刷

开本 890×1240　1/32　印张 8　插页 5　字数 130,000
2020 年 1 月第 1 版　2020 年 1 月第 1 次印刷

ISBN 978-7-5327-8026-6/I · 4931
定价：48.00 元